穿越荒原的温暖

李骏 著

LIJUN WORK

与文学名家对话·中国当代获奖作家作品联展

高长梅 王培静 ◎ 主编

花山文艺出版社

图书在版编目(CIP)数据

穿越荒原的温暖 / 李骏著. – 石家庄 : 花山文艺出版社,
2013.7(2021.6 重印)

(与文学名家对话:中国当代获奖作家作品联展 / 高长
梅, 王培静主编)

ISBN 978-7-5511-1274-1

Ⅰ.①穿… Ⅱ.①李… Ⅲ.①短篇小说 – 小说集 –
中国 – 当代 Ⅳ.①I247.7

中国版本图书馆 CIP 数据核字(2013)第 150635 号

丛 书 名:与文学名家对话:中国当代获奖作家作品联展
主　　编:高长梅　　王培静
书　　名:**穿越荒原的温暖**
作　　者:李　骏

策　　划:张采鑫
责任编辑:卢水淹
责任校对:齐　欣
特约编辑:李文生
全案设计:北京九洲鼎图书有限公司
出版发行:花山文艺出版社(邮政编码:050061)
　　　　　(河北省石家庄市友谊北大街 330 号)

销售热线:0311-88643221
传　　真:0311-88643234
印　　刷:永清县晔盛亚胶印有限公司
经　　销:新华书店
开　　本:710×1000　1/16
字　　数:165 千字
印　　张:12.5
版　　次:2013 年 8 月第 1 版
　　　　　2021 年 6 月第 2 次印刷
书　　号:ISBN 978-7-5511-1274-1
定　　价:39.90 元

C目录
CONTENTS

I

C目录
CONTENTS

第三辑
南方开始下雪

C目录
ONTENTS

第四辑
写给彼日

C目录
ONTENTS

第一辑

那匹不语的「骡子兵」

| 西藏高原上冬天里的故事 |

　　首长是坐飞机到达营地的。那天上午，当阳光正好的时候，首长的飞机抵达了营地。

　　高原上的冰山在远处太阳的照耀下放着刺眼的光芒。天还很冷，屋子被风吹得呜咽乱叫。战士们一个个冻得双脸通红，站在高原的天空下像一棵棵挺拔的白杨树。

　　首长的脸色铁青，他从飞机上走下来后一言不发。

　　站在他面前的同样脸沉如铁的连长不敢说话，他站在那里一动不动。整个高原都无声无息，只有大胆的风，从首长和战士们的脸上毫不留情地扫过。每扫过一次，战士们的脸上便起了一道血梗。

　　首长站在那儿，像一尊铁塔。他看着全连的官兵们，官兵们大气也不敢出，等待着他的训话。官兵们想，首长肯定会发怒的。因为一个冬天里，全连竟然冻伤了五个人，而且还有两个伤残至今还住在军区的总医院里。那天又一架直升机上来时，连长亲自送冻伤的人下山，他发现首长站在军区的大门口，投来的目光像两道利剑。他的心不禁缩了几缩。

　　其实，这件事来得非常偶然。今年的天气比哪年都冷，由于大雪封山，山下的物资运不上来了。山上的屋子里和外面一样寒冷，战士们每天睡在屋里，冻得牙齿直打战。司务长报告说，再这样下去，全连可能连饭也吃不上了。于是连里命令，凡是可以取暖的燃料，都要留给炊事班，连里冷，可以加强训练来解决。

那一年的冬天，战士们都在屋子里跑步，以保持足够的体能和热量。白天还好解决，晚上钻入被窝，听着西伯利亚的寒风在外面呼啸，每个人冻得直磨牙齿，好不容易睡着了便开始说胡话。

怎么办？连队发愁了。山下铲雪车听说只跑了三百里路，便抛锚了，发动机的缸体冻裂，因此山下的物资运到了半路，只好又运了回去。

首长让连队自想办法。连长听完传达后便把电话摔了，他说，在这不长草也没有飞鸟的地方，我们哪里去找燃料？

连队冻伤的人，很快增加到二十多个。不是手裂了，便是脚肿了，最后，有人还走不了路。阴影罩在每一个人头上。开头，连里还备有一些牛粪与羊粪，可以烧上几天，到后来，连里完全陷入了绝望。靠喝生姜保暖的方法只能治一下轻微的感冒，稍微重了一点，便让连队干部的心总是悬着——谁都知道，在高原这个缺氧的地带，只要有了感冒，接踵而来的便会是肺水肿——那几乎宣告着生命的死亡。于是那些天，只要天气稍微好一点，便有直升机降落，好像在进行一场军事演习。

一个，两个……冻得重一点的人被运下山了。山脚下身体壮的一个个又被运上来顶替了。大家都默默的，谁都知道，即使在和平年代，死神没准会从哪个角落里窜出来。

山下再也不能等闲视之，首长指示说，冬天里除了搞好边陲的安全外，保住战士们的生命就是最大的胜利！

为了保住大家的生命，连里什么办法都想过了。可大雪一阵紧一阵，大风刮起来没完没了，根本不能出去，谁也无法逃脱死亡的阴影。有天夜里，一个值勤的战士倒下了，他冻伤了双腿，被飞机运到

山下后，再也没有站起来过。

直升机每次都要带来一些取暖的物资，可雪太大，飞机也不是每天都可以上来，山上每天都处在寒冷中。连里命令，不许再一人睡一个床铺了，先是两个人睡在一起，接着，更多的男子汉们互相搂着，用身体抵着身体，以抗那凛冽而又漫长的冬天。

有战士打笑着说，幸亏我们军队中没有同性恋，否则，这可给了那些同性恋者可乘之机了。

由于长时间没有热水洗澡，每个人的身体发出一种异味，这成了那些乐观的战士们互相取笑的话题。睡在床上，由于寒冷，大家便讲着各种各样的笑话，连长说，十点半了，到了熄灯时间，不许再说话。

于是偌大的连队里静寂无声。可大家还是睡不着，因此在被窝里，小伙子你踹我一脚，我搔一下你的痒痒，无声的笑驱走了寒冷，驱走了漫漫的长夜。白天，由于外面不能训练，大家便在屋子里学习和开会。在平时，这本是大家极希望的，可现在，开会与学习也成了麻烦，因为冷得不能坐，大家开头是站着，接着便是跑起来，连长和指导员一边讲，大家在下面一边转圈子，有战士打趣地说，这是在开跑会！

的确，一边转圈子一边开会，这也是高原上才有的景观。连长看着看着便乐了，而指导员，却跑到里面抹了一把眼泪才出来。

生命不是铁打的，尽管谁也没有叫一声苦，可还是有人坚持不住倒下了。连队里那台手摇式电话每天都在不停地拨，每次都不易拨通，通信员的嗓子都喊哑了。往往，山上和山下都只是听到一声"喂"时便断了线。

有一天，通信员终于听到，司令员要上山来和大家一起过年。这个消息令大家振奋，可令连里的干部担心。尽管如此，大家还是希望司令员能上来，因为他们当了几年兵，还没有人见过他呢，听说，他是一个好老头儿。

终于，司令员上山来了。两架直升机在那个有着阳光的上午落在高原上。

大家静静地看着司令员向着他们走来。他的脸色不好看，连队里每个人都以为司令员会发脾气。因为，在短短的一个冬天，连队里竟然因冻伤而减员三分之一。

首长向大家走来了，他的目光落在每一个战士的脸上。他们的脸上，冻得红一块，紫一块，有的冻伤好后结了痂，有的还在流脓。可小伙子们每个人都挺直了胸膛，每个人的脸上都写着刚毅。风吹起他们的衣角，在呜咽中激起共鸣的声音。

首长本来有很多话要说，或许，他的话冻在了肚里，以至他的话只开了一个头："同志们，你们是好样的……"下面的便缩回去了。

谁也没有想到，堂堂的司令员，竟然搂住了排在最尾的那个小战士，像一个父亲搂住了他的儿子一样，呜咽了起来。

一滴泪掉在了小战士的脸上。整个高原上没有人不掉泪，但是没有哭声。飞机停在连队的那边，每个人都站得笔直，除了风还在呼呼地刮着，偌大的高原，竟然像一个人也没有似的！

司令员搂住的那个小战士，便是当初还矮矮的我。他掉在我脸上的那滴泪，是热的，就像我们每个人心中的热血一样。

那个春天过后，到了五月，我考上军校走了。我走时，我们连长才告诉我说，我们守着的那个仓库，原来就是一个可供战时无数人取暖与车辆供油的燃料仓库！

可那个漫长的冬天，我们尽管冻伤了那么多人，却从来没有谁想到过要去打开它！

那匹不语的"骡子兵"

那匹骡子是用来驮水用的。起初山上没有水，那时路还未修好，因此上级在这个边防连中配置了骡子，每天派一名战士到山下去拉水。在藏北那个亏了老子、误了孩子、苦了妻子、丢了票子、没有房子、成了傻子和断了路子甚至连生命这块革命的本钱也赔了的地方，日子还是原始地过着。那些过日子的人，人们称之为军人。

军人的行列里出现骡子，其实不算新鲜事。对于那些从来没有吃上过新鲜肉和蔬菜的年轻战士们来说，骡子是他们见到的唯一动物了。天空中其他的动物根本不会光顾，地面上连草都绝迹，因此革命的确是充满了浪漫主义精神的，不然人就会发疯，甚至想到自杀。曾有一个战士刚上山时实在受不了缺氧，忍不住对连长说，你杀了我吧，杀了我吧，我绝对不会恨你。看着哭泣的士兵，连长也哭了。三十多岁的人了，守在藏北无人区那里，还是光棍一个，与连队的那头骡子没有什么区别。

最初，他们砸冰取水，用铁桶一桶一桶地背。往山那边没有路，但他们硬是走出了一条路，但往冰山那边的路还很长，实在没有办法，上级就配了这匹骡子，骡子算编制，顶一个士兵的人力。这也只有这片土地上才称得上真实。

骡子上山那天战士们还放了鞭炮，对这名无言的新战友的到来表示了欢迎。鞭炮由于存放了太长时间，只响了几下便蔫了。原以为骡子会发挥很大的作用，事实上在夏天里它的确发挥了作用，但到了冬天里，由于雪太大，风太冷，骡子整日里泪眼汪汪的，在路上总是乱尥蹶子，发出阵阵撕人心肺的悲鸣。年轻的战士们理解骡子的苦衷，于是每天夜里把它放进帐篷，同样都是生命，他们对骡子的不良表现从不怨恨，更没有谁会用鞭子去抽它的屁股。

"不想干便退身嘛，何必这样糟踏我们的生命之水呢？"一个负责驮水的士兵摸着骡子的脸说。这是一个湖北兵，每次在路上，他都要把"战友"身上的冰块取下来自己背一会儿，换换肩总会好一些。他们就像一对默契的老乡，一前一后，默默无言地往山上走。雪，落在他们的头上脸上，像整个昆仑山一样寂静、无声。

过了一段时间，骡子瘦下去了。比骡马更瘦的士兵们看到它那种将要死去的样子，心里格外的难受。由于骡子饭量大，但按编制的主副食远远不够，因此湖北兵总是给山下的战友们打电话，让他们在送物资的时候，多带一些草料来。没有足够的草料，看到骡子瘦下去的确是一种痛苦。

一个冬天的晚上，那匹骡子发出阵阵的悲鸣声。睡在它旁边的湖北兵惊醒了，他看到它睁大了眼睛，眼里蓄满了泪水，然后咕咚一声倒在了地上，四蹄朝天，两眼圆睁，看上去死不瞑目。

湖北兵在那无人的地带里号啕大哭起来。哭声惊醒了整个边防连的人，他们都挤了过来，来自五湖四海走南闯北的男子汉们个个一言不发。泪水在他们的眼里转圈。

一个刚调上山来不久的小战士不知深浅，对班长说，杀了吃顿肉吧，我上来一个多月了，一次也没有吃过新鲜肉。

班长在他屁股上狠狠地踢了一脚说："你还是不是人？"

所有人把愤怒的目光投向了他，小战士舔了舔嘴唇，吓得不敢再吭声了。

第二天，他们在山上举行了浓重的仪式，安葬这匹骡马。在他们的眼里，它是他们的功臣。他们像追悼以往牺牲的战友那样，对着那个挖得很深的坑，举起了颤抖着的手，敬了一个标准的军礼。

湖北兵又哭了。

1992年的夏天我还是一名汽车兵，送物资到了藏北。当我上山去采访时，一名战士把我引到了一堆坟前，他说那里埋葬着曾经守在藏北而牺牲的战友，不能不看。

我们在那些坟堆前坐了许久。风拂着我的衣角，我觉得那是那些地下年轻的亡灵在给我讲着自己生动的故事。我的鼻子酸了。最后，那名战士指着一个高大的坟堆说，那是一个特别的"兵"。接着他便对我讲了那匹骡子的故事。战士说："我就是那个提出要吃它的肉的兵，你说我当初怎么那样蠢呢？我现在想起来还后悔得要命。"

尽管那匹骡子的肌肉已化作了昆仑的泥土，尽管它的白骨也融进了昆仑的山脉，可战士讲着讲着便哭起来了。我们在离开那儿时，看上去整个昆仑山是无声无息的，就像西部那些默默奉献的无数军人一样。我在回过头时突然想，多少年后，有谁还能想到，在那遥远的昆仑地带，在那亘古不语的冰地之下，竟然还埋藏着这样一些宝贵生命不语的睡眠。瞬间，我的眼里也盈满了泪水。

|高原上的坟茔|

陈老师是在那年的春末到高原上来的，因为是军嫂，我们都把她叫作嫂子。她来的那天挺着一个大肚子，这是我们这年第一次见到从山外来的女人，而且是我们副连长的老婆，所以当天我们还有些羞涩，见了她都想看，但是没有一个人敢站出来和她说话，就是副连长本人，因为大半年没有见面了，所以看上去也不知道如何是好。我们便轰的一声笑了。吃饭时，大家都不吱声；夜里睡觉时，却都在议论副连长那夜要做什么事，大家在黑暗里吃吃地笑，直到副连长查铺时我们才关上嘴巴。中士说，我看她腆着个大肚子，估计这几天就会生下来。下士说，要是在高原上生下来就好了，我们可以做一回保姆呢。上士说，你们别做梦了，谁敢在这缺氧的地方生孩子，副连长肯定要请假到山下的团部去住一段时间。我们七嘴八舌地谈论着，好像就是我们自己的老婆要生孩子似的。那些天，高原的哨所里便充满了热闹。几个胆子大一点的战士，开始总是有事没事地找陈老师搭讪。列兵说，嫂子，副连长想你呢。她脸红了说，他想我才怪呢。中士说，他是想你，每天晚上给我们讲你们的故事，我们是听着他讲的故事入睡的。嫂子说，你们别听他胡诌，他尽是瞎说。肯定是说我的坏话吧？列兵说，嫂子，他说你一个人在家，既要带学生上课，又要种他父母的地，累着呢，这难道还是假的不成？嫂子说，他一年四季不回去，我不干谁干呀，总不能让地荒了不是？嫂子一边说一边用爱怜的目光看我们，我们只感觉到她的目光盯得真舒服。下士说，嫂子，你是教数学的吧？她回答说，是呀，听你们副连长说你要考军校，有没有问题？下士的脸红了说，我只是想试试，不一定

能考得上的。嫂子说，只要有信心，再加上努力，一定会成功的。我已经与你们副连长商量好了，我这段时间刚好可以辅导你。下士说，那怎么行，你快当妈妈了，要休息好才是。嫂子脸红了说，不碍事的。下士感动得不知怎么才好。我们在她周围坐着，有一句没一句的，觉得这个女人真好。

嫂子来的第二天上午，就把我们全班的被子拆下来洗了。上士的被子最脏，上面斑斑点点的，他死活不要嫂子洗，我们在一边暗暗地直笑。但是嫂子还是抢走拆下来洗了。那天说来也巧，一向不老实的天既没有风也没有雪，太阳直射了一天，我们的被子飘扬在无边无际的高原上，看上去有些壮观。那天晚上，我们睡在温暖的被窝里，每个人都有了心事，怎么也睡不着。中士说，咳，我以后要有这样的一个老婆就好了。列兵听了吃吃地偷笑。上士说，并不是所有的男人都能遇上这样的好女人的，要不然，我们副连长会在三十多岁才结婚？下士说，班长，你说说，她要辅导我，我答应不呢？上士说，你难道不想上学？我们都希望我们班能在这个地方出一个大学生来。下士说，可是她却快生孩子了呀。上士不说话了，最后他说，一切听副连长的安排。中士说，真想不到，这个军嫂不寻常。列兵说，也许你以后也会遇到呢。中士说，我才没有那种福分。我们听后哈哈大笑，在被窝里聊天，直聊到深夜。第二天起床时晚了一点，副连长说，你们昨天晚上是不是又开黑会了？说了些什么呀？大家都笑，不说话。但是每个人出去时，都用眼睛去瞅那条挂在门前晒衣绳上的红纱巾——那是嫂子挂在上面的。在没有草也没有绿色的高原上，那条红色的纱巾给我们许多的联想。

从那天起，嫂子就开始为下士补课。我们班出去巡逻的时候，副连长就让下士在营区里待着学习。我们一般半个月才能回来，所以这些日子嫂子只有等待。中士说，这和没有来时不是一样的吗？在路上，我问副连长嫂子什么时候回去，副连长说，她过两个月就要回去，到那时她们学校就要开学了。中士说，那多遗憾，我们连一个女的也见不上。副连长说，你小子脑里尽想些什么呀？中士说，我只是想，有这样一个人，我们这里的生活才叫生活呢，否则就是阴阳失调。我们听了便在高原上大笑，无边的天地里留下了我们各自真实的青春容颜。我也感到特别奇怪，自从嫂子来了之后，我发现大家变得爱讲卫生了，列兵的胡子刚长出来，他就刮了；中士下了岗，就穿着那双从山下带上来的皮鞋，还把它擦得亮亮的。那双鞋，曾差点让副连长给扔掉了，因为我们是不允许穿皮鞋的。但是这次，副连长看了心里也只是笑，什么也不说。整个营区里像是过年一样，充满了欢乐的气氛。其实说是营区，也就不过我们两个班，外加一个副连长而已——他已在那儿守了八年了。八年的抗战，才好不容易有一个女人爱上了他，可是结婚后，他却不能陪着她。副连长说，你们别以为我心狠，其实我也不好受，我们结婚后，只在一起待了不到两个星期。每天她下了课，就一个人孤零零地待在家里，她说有时想我想得哭呢。副连长说完后我们都不说话了，我们只觉得有一种说不出的忧伤，在不应属于我们这些穿军装的人中间飘荡着。

巡逻回来后，嫂子看上去比以前更胖了。下士说，我每天看到她给我补课时总是心里不好受，她从那么远的地方来，却不能和副连长在一起，我看了心里格外不是滋味。下士又告诉我们说，嫂子快生了。我们都为她感到高兴。我想，嫂子肯定是要到山下去生的，因为山上缺氧，别说小孩，就是大人也受不了。列兵说，咳，嫂子要是到山下去生孩子，我们就看不上了，真是！中士说，是孩子重要，还是你重要？中士就不说话了。想到嫂子就要到山下去，不知为什么，我们每个人都睡不着。每天夜里讲的都是她，像开会似的说个没完。

一个月后，是嫂子要下山的日子，我们都不想出去巡逻，都想送送她。但是到了她要走的那天，她又说自己不走了。因为下士快到了考试时间，她还没有辅导完呢。嫂子说，再过一个星期我就走，我

实在是放心不下。副连长说，可是你快生了。嫂子说，不碍事的，说不定我们的孩子福大命大，在高原的禁区里创造一个生命的奇迹呢。副连长说不过她，只好让她在继续在营区里待着。但是他私下里说，算日子，她也就是这几天的事了，不会有什么问题吧。我们那时什么都不懂，又想让她在山上多待几天，就都说不会有事。副连长也不好再说什么。但是事情却偏偏出在那几天里，就在嫂子为下士补课的一个下午，她忽然觉得肚子奇痛，而且一痛起来便直不起腰，下士慌忙出去喊人。等我们七手八脚把嫂子扶到副连长的床上时，她已经快生了。副连长马上让我去喊卫生员，但是卫生员到来后，他也束手无策，因为山上的卫生员从来没有接触和学过接生——他才不过十八岁呢。大家面面相觑，你看我，我看你的，拿不定主意。最后副连长让大家出去，说他自己来。我们都听话地在门外站着，每个人都不说话，下士急得眼泪都掉了下来。风一阵又一阵地从高原上扫过，可是我们都没有觉得寒冷，我们只想听到孩子的一声啼哭，听到生命来到这个世间时的一声鸣叫。但是过了半个多小时，我们还是什么也没有听到，结果只看到副连长泪流满面地从房子里走了出来。从他那灰暗的脸上，我们已经明白了一切。哭声，开始在天上无飞鸟、地上不长草、风吹石头跑的高原上飘散开来……

　　因为高原缺氧，那个可爱的生命，还没来得及一声呼唤，没有叫上一声爸爸妈妈，就像流星划过一样，匆匆地告别了人间。我们挖了一个很深的坑，把那个来到世间看了一眼的小生命埋在那里，生怕风会把她吹跑了。每个人哭了又哭，只有嫂子强忍着泪不哭。但是每天见到她时，我们发现她的眼总是红红的。那些天，我们饭吃不下，觉也睡不好，心里沉甸甸的，像是有块巨石压在心上。下士哭着说，全怪我，全怪我……但是嫂子说，这不能怪你呀，我是自己愿意在这儿多留几天的，我也舍不得你们。下士哭着说，我再也不考军校了。嫂子说，那我当初辅导你还有什么意义呢？那你们守在这里还有什么意义呢？下士不说话了。我们听了后每个人的眼泪都流了出来。副连长脸上阴沉沉的，好几天不说话。

在我们又一次出去巡逻回来后，我们再也没见到嫂子。她已经走了。留守的列兵告诉我们说，嫂子怕我们伤心，所以她选择我们不在的时候悄悄地离开了，连副连长也不知道。我们听后呆立在高原的风中，谁也不说话，我侧过身去看副连长，发现眼泪从他脸上悄悄地滑落了下来。我们也偷偷地回过头去擦。才转过身，我发现嫂子的那条红纱巾还挂在绳子上，风一吹，它就随风飘舞，看上去像一团火在跳跃……再远处，就是那一座军人后代的新坟，孤单单地伫立在那儿，像是诉说一个久远的凄婉的故事。就是这个故事，让我们这些曾在高原上守过的人，要记住一生一世……

那年的八月，下士终于考上军校走了。走的那天早晨，他一个人一大早就来到那座坟前，对着那个小小的不语的生命，深深地跪了下去……三年后，他军校毕业时，又坚决请求回到那块土地上了，那里有一个小小的、寂寞的生命，要和他说话呢……

| 一场特别的电话婚礼 |

边防连的排长刘峰，这天刚巡逻回来就收到了女朋友的信。信上的邮戳是半年前的，不用说它又是在路上给耽误了。这是边防连的常事，在昆仑山地带，由于平均海拔5000米以上，氧气只是平原上的一半，人一不小心就会得肺水肿，加之气候变幻莫测，时常是忽雪忽

雨，忽晴忽阴，特别是到每年的10月，由于大雪封山，山里的人就出不来，而山外的人也进不去，非要等到第二年的4月，在冰雪解冻之后，外面的人才能够把物资送上山去。在封冻期内，山里的人只有靠电话和山外保持着联系。因为在边疆，各个防守点之间一隔就是几百里或上千里，所以这封信迟了刘排长也没感到有什么奇怪，他马上找了个没人的地方拆开就看，一张相片掉下来，照片上的女朋友温柔地朝他笑着，把刘排长都甜醉了。他连忙读信，原来是对象通知他，今年的国庆节要到连队里来和他结婚。

刘排长高兴得跳了起来，说来你也许不相信，这是他见的第17个女朋友，前面的那些女的不是嫌他太穷，就是嫌地方太远，好不容易有一个爱他的且愿和他结婚的，他能不高兴吗？这不，放下信他就唱了起来：花儿为什么这样红……

几个兵见了问："排长，有什么喜事了？"他说："你嫂子要上来和我结婚啦！"兵们问："真的？"他说："绝对是真的！"兵们就把他撂在地上，高兴得滚成一团。一个说："嫂子还挺聪明的，知道提前告诉一声，要是写迟了，今年的信只有明年才收到了。"这一说，提醒了刘排长，他连忙算日子，哎呀妈呀，下个星期天不就是国庆节吗？

这一下哨所里可热闹了，战士们唱啊跳啊，笑啊闹啊，早就盼这一年四季没人光顾的哨所里出现一个女的。于是战士们把冰块敲下来搬到太阳下晒，等它融化成水后把哨所洗刷得干干净净。衣服洗了，胡子刮了，从来没有用过的香水也洒上了，好像是自己要娶媳妇似的，天天算着嫂子上山的日子。刘排长更是这样，每天拿着高倍望远镜，爬到哨所的顶上向昆仑山那边张望。他还天天打电话到团部那边问来了没有，通信站的女兵都笑他。终于有天团部那边告诉他，夫人驾到了！整个哨所里一片欢呼声，这个说，嫂子来了有戏看了！那个说，嫂子来了我们要文明些，别让人家小瞧！于是他们把平素舍不得吃的东西都拿出来，准备给嫂子作见面礼。

就在嫂子要上山的那天晚上，风呼呼啦啦地刮起来了，雪飘飘扬扬地下起来了，第二天战士们一起床，都傻了眼：仅仅一夜之间，积雪就厚过了膝盖！这如同一盆冷水浇在了刘排长的头上，凉在了战士们的心里。这就意味着大雪封山了，一封山就得等到明年的4月，山下的人才能上来！果然，山下打电话来说，由于雪太厚，军车进不了山了！刘排长一听就瘫软在地上，电话那边传来的是他对象的哭声，听上去撕人心肺。

怎么办？山下的人和山上的人一样着急，现在上山是绝对不可能的，谁也不敢再去冒这个险。团部请示了军里，军里也不批。思考来思考去，最后还是刘排长的对象决定，婚礼如期举行。新郎在山的这边，新娘在山的那边，中间用一根电话线连着，由山脚下的人担任司仪。大家都在电话边听着司仪用颤抖的声音喊着："一拜天地……二拜高堂……"不少人听得早已泪如泉涌，特别是司仪宣布第三项："夫妻交拜，迎入洞房"的时候，团部那边的人燃起了鞭炮，电话两头传来的却是齐齐整整的哭声！团长擦着眼泪说："这也许是世界上最美的一场婚礼了，两个人尽管被大山隔着，却完成了世上一件最美的结合……"

那天夜里，通信总站也破例让这对新人在电话中进行"新房夜话"，两个人一会儿哭一会儿笑地直聊到深夜。战士们就在排长的身边坐着，由于线路不好，他们所说的每一句话并不是都能听得清清楚楚，新娘说："我要上去了。"排长说："你上来吧，正好这儿有个双人床。"新娘说："你坏！"新郎说："不坏你就不爱。"新娘就抽泣着。排长说："莫哭，喜事莫哭。"新娘说："谁哭了？我是高兴呢，我们创造了吉尼斯纪录。"排长说："那倒是，只是苦了你。"新娘说："比起你来算不了什么苦。"两个人就这样直说到半夜，到最后电话即将挂断时，哨所里的人都听到了新娘子在那边大声

说："天冷了，你们一定要珍重加衣！"战士们听着就和排长抱着哭成了一团，有个兵说："这是亲人对我们多么真挚的祝福啊……"所有的人在国庆节的雪夜里都不禁泪流满面。

直到第二年的四月，山河解冻之后，山下的人又为山上的人运来物资，战士们看到了山外的车队出现在自己的视野里时，就一边叫一边冲了过去，有人问："我们排长的妻子呢？你们没有把她捎上山来？"开头没有人回答，最后车队队长从车厢里拿出一个包裹，大家围了上去抢着要看，打开后他们的笑容却凝结了，里面是一张相片和一叠鞋垫。相片上的新娘子站在一大群穿着军装的人中间，正甜甜地笑着，她的背后是一个大红的"喜"字，只是找不到她的新郎……队长说，由于假期已到，新娘子早在一个月以前就离开了边疆，这些鞋垫，是她亲手做的，每个战士一双，她说要他们在巡逻中一定要爱护好自己的脚，让男子汉们好走天涯……

所有的人一下子都静在那儿，四月的高原上，除了风吹着他们的军装在呼呼作响，昆仑山上没有一点其他的声音。

一个人的戈壁与荒原

无数个早晨其实是被风声吹醒的。风日日夜夜吹着，刮过窗棂，不时将细沙刮进嘴里。当号声响起，新疆雾蒙蒙的一天开始。营区里没有狗，营区外也没有人，放眼望去，茫茫的戈壁滩不语地沿着四面八方铺开，空荡荡的什么也没有。

我知道，透过风穿过大戈壁的那边，一定是我们的故乡。故乡绿野江南，总是莺飞草长，烟雨苍茫。

于是，每天起床时，我总要对着窗外，望上一阵，想上一回。

那时我还年轻，四肢发达，还有理想。连队里除了副连长，一般都是我最先起床。我有远大的梦，想要回去征服中原。我不想糊里糊涂地过下去，所以需要跑步。跑步，在风中，在雪里，在一望无际的戈壁上，我可借以来提醒自己：是谁，该干什么。

几乎每天，我都听到副连长的咳嗽声。他比我起得早，在营区里抽烟。由于是提干的，他比许多干部显得积极。他早晨的程序，一般是沿着营区逛一圈：所有的班排、车场、修理所、食堂、养猪场，甚至还有废弃了的一个地方钢铁厂……

我们遇见，他看着我。起初，我还敬个礼，问声好。时日多了，路过身边，点个头，跑过去了。连队天天相见，反正又见不到一个外人，也不会有外来者入侵，用不着客套。我穿着胶鞋，跑向广阔的戈壁。

戈壁没有风时，必定有雾，或者有雪。更多的天气，是有雪。往往，我在雾中奔跑，离连队越来越远，直到连队变成一个小点，我才折回来。要是到了冬天，我喘着气，有时想放弃每天的五公里，但想想遥不可及的理想，便又坚持。我想，如果这个都坚持不了，理想只是戈壁滩上的一股风。

初来时，我们南方人，不喜欢风。风没完没了的，刮得心烦，刮出许多心事。老兵们沉默地扎堆抽烟，新兵们无人处悄悄地抹泪。除了节日，忽然可以喝酒，除了哨兵与值日军官，一大部分人，都喝醉了。醉了，骂娘，吵架，乱成一团。醒了，心中的百般心事已随风飘散，见面笑笑，也就过了。而我，不喜欢风。风从早到晚，没有停歇的时候，一股又一股的，夹杂着沙土与细石，打在脸上，疼；落在眼里，痛。更可怕的，是漫长的他乡夜里，沙石掉落心中，愁。青春的离愁，青春的心事，青春的爱情梦想，青春隔不断的友情，都在戈壁

滩的那边，让人回味，让人想起一回又一回的告别，一张又一张的笑脸，一个又一个的细节。许多过去不在意的，曾被我们漫不经心丢在风中的故事，慢慢又走了回来。咀嚼，味道新鲜无比。

与厚着脸皮跑来亲热的风沙相比，我更喜欢漫无边际的大雪。大雪下来时，悄悄的，无声的，先是滋润着戈壁的土地，然后堆起来，老高。脚落下去，提起来，一个坑便印证了荒原，我时常想，这证明曾经有生命这样光临过。而且，还在想，也许我落脚的那个地方，从来没有人留下过相同的脚印。因为它是荒原，仅仅我一个人那样走过。后来又想，一个人探索的脚印又能怎样呢？戈壁太大，荒原太长，也许这里生活过的人，每个人都是第一次。一边胡思乱想，一边加快脚步，向着目标奔跑。一个人，在年轻时，总是要有梦想的，有了梦想，也总是要有目标的。我把跑步，当作是完成那个目标的考验。如果连这个目标都完不成，人生的长跑肯定会在哪个地方抛锚，掉链子。于是，我选择坚持。

那样的早晨，如果不是副连长，谁也不知道远远的戈壁上，那个奔跑的点，还是一个人。当然，还有哨兵，每次出门时，他都要笑一下。我渐渐在连队由新兵变成老兵后，哨兵是比我们年轻一些的脸庞。他们也像我一样，有梦想。他们的梦想，也在越过了戈壁的远方。因为他们常常向着那里张望。于是，在有风或无风的旷野上，我仿佛找到了同谋者，脚下跑得格外有力。踏上的积雪吱吱吱的乱叫，像是在回应。有时，雪在下，我像荒原上的一只狼，对着深不可测的远方，对着没有人烟也没有飞鸟的戈壁，我想叫就叫，我想吼就吼，我想哭就哭。有时，跑着跑着，想着南方，一个头发渐白的女人，站在村头张望，想起她的理想，她的寄托，她的哀愁，我便哭。母亲啊，母亲，你是一个如此让走南闯北的男子汉变得脆弱的女人！

后来，连队忙起来了。车队要上昆仑，要去阿里，一大早连队便人欢车吼。早晨，出操之后，紧张的工作开始。时间像上了发条的发动机，只要一开启，便停不下脚步。两眼一睁、忙到熄灯的生活，让我喘不过气。于是，跑步便移到晚上。晚上，熄灯号后，连队的灯一齐熄灭，热闹一天的戈壁开始躺下来，兵们开始在灯下想心事，然后倒下。新兵们，还喜欢在黑暗中坐在床头，听风，听雪。那时刻，经过允许，我破例可以在大家睡后跑步。我不想放弃理想，为了几千里外南方的母亲，我要考军校，我要把自己塑造成一个坚强的、不屈服的男人。我要跑步，我都把跑步当作自己每天意志磨炼的印证。连长奇怪地看着我，指导员抽着烟不说话。最后，还是副连长说，去吧，注意安全。我敬礼，说谢谢。然后转身，齐步走。我力争想让自己的步伐走得刚劲有力些，但出门时，我还是被门槛绊了一下，差点摔倒了。我听到连长在身后说，这个兵，有点怪。

我跑起来，风在耳边呼啸，雪在头上滑落，脚在雪野长奔。荒原很静，是少有的静。仿佛千百万年来，未曾有人来过。我过去胆子小，每次站岗时，都害怕风声里有什么东西降临。但跑起来，我什么也不怕，不怕神，不怕鬼，不怕狼。说来也怪，他们都说荒原上有狼，一直到我离开，我甚至连狼的影子也没见到。晨跑时，倒是遇到过一些散落的羊，或者爬出来觅食的野兔，远远地看见我，早溜了。现在，改为夜跑了。哨兵觉得奇怪，我笑称马无夜草不肥。哨兵笑。我已过了岗哨，冲上荒原的戈壁。夜色，在无声的大雪中，愈来愈浓。我一边跑，一边望天，天不语；我踩地，地无言。我看星空，一片苍茫；我望故乡，漆黑不见。于是，我咬牙，我切齿，我号啕，我高歌，母亲啊母亲，我年轻，也同样有着对你无尽的思念。有时，跑到终点，累了。我便慢走，一边走，一边大声地歌唱，唱得最多的，是当时流行的一首歌：生活是一框，时序轮转的风景；你我在其中，谁懂谁的寂寞？……谁懂风？谁懂梦？谁知乡愁，谁知寂寞……

一边唱，一边不由自主地流泪。有时，干脆在雪地里坐下来，等风停后，等雪止后，我望星空，盘算，哪一颗是属于我的？它是否明

亮？星空无涯，星际无语，没人回答。我便慢慢折回来，向着营区。有一回，我碰到了连长。两地分居，已有孩子的他，像一座山似的站在雪夜里，沉默地看着我。后来，他问，跑步了？我说，跑了。他说，学习了？我说，还没。他点点头，抓紧时间。我说谢谢。然后，越过这座山，我跑回他们为我特批的一间小屋。我要在那里复习功课，在那里实现我的理想，我要考军校。后来，有一天营长到小屋来了。他说，这里天远地自偏，一个营的人，三年没有考走一个，你要争口气，打破这个零光蛋。我说好。我说好时一点也不自信，但我那样说了。我不喜欢压力，但压力无处不在。营长又说，你们连长对我讲，你这个小子不一般，希望你真的不一般。我心头一热，说保证。我说保证时一点也敢不保证，但我那样说了。他拍拍我的肩，走了。

　　我坐下来，开始进入复习。雪夜漫长，时光有限。有时，我一坐就是半夜。累了，我便推窗望雪。雪静悄悄的，像白银一般铺着，连着远方。远方的远方是故乡，可望而不可即；远方的远方是边界，那里守着许多像我一样年轻的战士。有一天，我推窗看到了指导员，他站在雪地里，也抽烟，不知在想什么。还有一天，我看到了连长，连长坐在操场边上，望远方。他是四川人，老婆孩子都在老家。他原与老婆相约，每周一封信，连队一忙，他写不过来，就让我写，找理由说自己带战士打篮球，手扭伤了，写不了字。我按他说的写，结果，半个月后的一天深夜，一个人来敲连部的门，是个女人。连长惊呆了，他的妻子，竟然，从四川坐飞机，然后坐汽车，再坐维族人的毛驴车，居然到了连队，整整走了一个星期的路啊。女人看到她的男人那只手完好无损，看着她的男人瘦下去，还没开口责怪，便呜呜地哭了。无边的雪野里，这哭声，让每个兵们，无论新兵老兵，从夜里惊醒，后来他们都放声大哭……那是我见过的，男人们在一起哭时的最大场面，他们在雪夜里哭得投入，哭得伤心而又高兴。

　　开春过后，山河解冻，雪野消融，车队开始整装，陆续准备出发。每到这个季节，他们要西闯昆仑，与死神过招，为守边的将士送物资给养。我要考军校，所以没去。这一去，就从三月到十月，大雪再次封山为止。走时，我站在欢送的人群中，给每一个车敬礼，与每一个兵握手。连长坐在头车，伸出手来说，我钦佩的人不多，你小子，算一个！我的泪不争气地涌出来了。他一笑，说出发。车队便开拔了。每过一辆车，都有人伸出头和手来，热烈地给我祝福，希望我能考上。我于是记起走的前夜，副连长与我在操场上聊天。他说，准备好了？我说，准备好了。他递给我一根烟，说来一支。我过去不抽，接过来，点着了。副连长说，坚持，就有希望。我点点头。他接着开始讲他来连队时，怎样想改变命运，从一个农村兵苦干转成志愿兵，最后又转干的经历。他还讲，连长和指导员，都是他曾经带过的兵，后来军校毕业分回来，由于是科班出身，很快都成为他的上级，他都配合得很好。我说是吗，我还不知道呢。副连长咳嗽着说，人啊，就是要知足啊，与过去比，我满足啊。我才想起，难怪，平时休息，他与兵们一起打牌，输了一样贴纸条钻桌子，出车一样开修车一样钻底盘下……我有些感动。副连长拍了拍我的肩，去车场了。我站在那里，发现那个夜居然无风，也无雪，天空无比明亮、透明。

车队一走，连队便寂寞起来了。四月，我参加了军区的预选赛，在全师排名第一；五月，参加了军事考试和文化考试，分数下来时，我在全师第二，考上了故乡之北方天津的一所军校。七月，通知来时，我要离开新疆。彼时距我离开故乡，已近三年半了。那时，戈壁滩上很热，四处蒸腾升起的浓雾，布满了离别的伤感。离开戈壁那天，当团里派来的车送我们，车子像离弦的箭一般离开营区，离开连部，向着东边进发时，望着车后的扬起的滚滚沙尘，望着无边无际的戈壁滩，想起三年半那些风里来雪里去的跑步岁月，想起连队里一张张年轻灿烂的青春笑容，我顿时泪如泉涌。

走的前几天，我给远在昆仑山的连队，发了一封电报，说已考

上，准备出发。连队没有回音，一直到我上了军校两个多月，收到连长的信说，由于路远，交通信息不便，他们收到我的电报，已是一个月后。等再将连队的贺电发回来，我已走了。他说全连在藏北阿里的狮泉河镇收到我的电报时，全连加了餐，大家一片欢呼。营长说，二营，总算不戴光头的帽子了……

拿着连长的信，在北方，一个离我故乡很近的地方，我却又想起荒原上一个离我很远很远地方的亲人们，在无风无雪的夜里，我又脆弱地流泪了。

重走高原

终于有一天，我又重新站在了梦魂萦绕的高原上。高原的天地无极，蓝色的天空有一种摄人心魂的魅力，当迷幻般的雾气点点洒在山坡上，当青色的小草拱出地面来抚摸阳光，当晶莹的雪粒轻轻地飘落在人的脸上，当远处的雪山与冰峰沉默在寒冷的风中，我忽然有一种灵魂出窍的感觉。看惯了城市钢筋水泥构筑的高楼，忽然置身此处，顿觉天地荒凉无极，戈壁茫远无涯，星天伸手可摘，而独人极难寻见。一刹那，我只觉得自己是天地中一个微不足道的小点，如地上千年不语的尘沙，如空中稍纵即逝的小鸟，如水里或许能见的鱼儿，生命是那样的坚强，而个人又是那样的渺小，生命是那样的伟大，而个人又是那样的可有或无……在这极尽的寂寞中，唯有绿色的军装，才是高原上一道亮丽的风景，才是高原上生生不息的生命！它如永不言弃的芨芨草，随处可以吸起阳光生长；又如柔里带刚的骆驼刺，沾在地上便成生命的大丈夫。

　　过去，我根本不曾想到，自己今生会到高原上来。但是，当我穿上军装后，一列闷罐火车，把我带到了天涯的远处。我守的地方，就在阿里那个长年冰封雪霁的地带。第一次见到高原时，我正是十七岁的年龄，高原在我的眼里，只是荒凉如原始的洪荒，只是像开天辟地时的盘古，让我流下了思乡时那忧伤的眼泪。我那时一直认为，在那个天上无飞鸟、地上不长草、风吹石头跑的地方，只有我们军人，才是高原的血液和生命。在漫长的寂寞的日子里，我亲眼目睹了高原军人的奉献和牺牲，并在很小的年龄里，第一次对着人类有关死亡这个重大的课题，产生了强烈的震撼和思索，从而对生命产生了一种深深的敬意。

　　我是带着作家王宗仁老师的书走上高原的，这本书，写的是青藏高原上那说不完的故事和道不完的情感。尽管我待的地方是阿里，可同是高原人，我觉得我们对高原的那种感觉是一样的。高原让我们仰视与膜拜，让我们匍匐与弯腰。我曾无数次读过王宗仁老师的作品，他笔下的高原那种崇高美、悲壮美、粗犷美，让我明白了自己所守着的，原来是一块多么神圣的土地；使我觉得自己所付出的，是多么的伟大与崇高！读着他的青藏线系列，我为他作品里的人物悲而悲，为他们的命运泪而泪，为他们的奉献赞而赞。

　　那时的高原，还是古老而又原始的，在作家王宗仁的笔下，那时高原上的官兵们，住的是帐篷、土坑、冰塔子，吃的是压缩饼干、馍馍、地苔，喝的是冰雪融水，由于吃不上新鲜的蔬菜，他们的手指凹陷，面容苍白，严重地缺乏维生素。但正是这些官兵们，挟雷裹电，常年奔驰在这高寒缺氧、步履艰难的"天路"上。汽车兵们以叫高山低头、河水让路的大无畏的英雄气概，驾铁马，飞轮碾碎千里雪，抒壮志，马达响彻九重天，为西藏人民送去了大量的物资和用品，为西藏的发展作出了

重大的贡献。那时的自然条件恶劣，物质生活匮乏，所以从进藏以来，光是青藏线这一条天路上，便共有六百余名官兵牺牲在那里。后来，我终于有机会到了高原，我首先去的，便是这座烈士陵园，看着六百多个无语的生命，就那样在高原的烈日与风雪中沉睡，我觉得他们不语的生命，教给了我们这些活着的人许许多多的东西。

我也曾在那里流下了自己年轻时的泪水和鲜血。我记得有一次，当一名司令员坐直升机上山来视察时，问战士们有什么要求，我们都不敢说。但有一个战士吞吞吐吐了半天才说："我到这儿来已有三年了，从来没有见到过绿色，我只想到山下去看树……"就这样普普通通的一句话，让身经百战的司令员掉下了眼泪。他大手一挥说："我同意，同志们，你们……有这个权利！"全体的干部和战士听到他这样说时，都忍不住哭了。后来司令员真的用他的专机，把战士们一个个送到山下去看了一回树。当我们在昆仑山的脚下终于看到了那久违的绿色时，我们紧紧地拥抱在一起，在高声地欢呼之后又哭开了。就是那寂寞而又艰苦的生活，使我开始反省人生，开始思索，开始了艰难的文学创作，开始讴歌那些美丽的人生与生命。当兵的那几年，我写了大量的文学作品，我后来发表的许多小说和散文，几乎大部分都是写高原生活的。因为，高原，已成为我生命中一个重要的组成部分，永远也不会从我的生活中剔除出去。

如今，多少年过去了，我从当年的一个小战士成长为一名共和国的军官，军校毕业后留在了天津这座大城市，这里的生活尽管安逸而舒适，但我还是时时想起高原，想起高原上的战友们，并对高原怀有了一种无尽无边的幻想，我总是盼望有一天还能旧地重游。终于有一天，由于采访，我又一次上了高原。当我的脚步踏上高原的那块圣土时，我简直不敢相信，这就是过去我们曾经守过的那个地方！茫茫无涯的高原上，竟然出现了楼房，出现了自来水，出现了杂花，出现了绿树，出现了电视，出现了录像，出现了我们当初许多未曾见过的东西……为了改善高原官兵们的生活，总部还派专家在山上利用大棚孕育出了新鲜的蔬菜，高原官兵们吃不上新鲜蔬菜的日子一去不复返了，官兵们在那里种出了白菜、土豆、萝卜、西红柿，在那里养活了肥猪，白兔……祖国在发展，经济在腾飞，高原也出现了新的景象。在部队的大院里，在基层的连队里，我们还见到了娱乐室，见到了图书馆，见到了卡拉OK厅，见到了电影院，见到了大礼堂……尽管高原的气候还是像当初一样恶劣，尽管自然条件还是像当初那样随时可能夺走官兵们的生命，但是，官兵们的生活从此却丰富起来了，高原人的精神面貌也从此焕然一新，出现了前所未有的改变。尽管高原上还是不断地有年轻的生命匆匆远走，但一个个英雄和模范人物也不断地涌现出来。高原人，比任何人都懂得热爱和珍惜生命。我发现，几乎每个班的战士们，都在自己的房子里精心地培育出了许多不知名的花草。这些走南闯北的男子汉们，在繁忙的工作之余，用他们粗糙的双手和善良的心地，种出了美丽的希望，种出了青春时最可爱的旋律。他们的生活终于丰富起来，在为西藏人民作出了巨大贡献的同时，高原官兵们也丰富了自己。一个在高原上守了十年的老兵告诉我说："只有经济发展了，祖国强大了，军队的条件才可能改善，而经济的发展离不开稳定，因此我们只有守好边防，才能保证改革开放的顺利进行。"他朴实的话，使我对着那浩渺无涯的天空沉思，久久无语。

采访完后，高原官兵们把我引到了一座坟前。这是一个小女孩的坟，和她的妈妈合葬在一起。当初，这名可敬的军嫂顶住了极大的压力，到高原来支持自己守边的丈夫，可没想到，在她分娩时，由于高度的缺氧和那时的医疗条件太差，女孩刚生下来，便和她妈妈一起去了天国。官兵们告诉我说，他们一直认为，这个还未看到美丽世界的小女孩，一直被他们认作是高原上最小的烈士……高原官兵们把她们埋在五道梁的山坡上，好让她们母女，能时时看到从这里经过的车队，不至于太寂寞……不知从什么时候起，可爱的战士们开始在她们

的坟边上种植花草，如今，冰冷的泥土上，有着一些不知名的花草在悄悄地生长和开放。多少年过去了，那些新上来的军嫂们，总要带着自己的孩子到这个坟堆上去献花……现在，医疗卫生条件改善了，高原官兵们再也不怕了，他们的孩子，尽管生活条件比不上内地，但是，他们却也在这同一片天空下自由自在地呼吸和成长……

去年，我在解放军文艺出版社工作，有幸参与编辑了王宗仁老师的散文集《季节河没有名字》和报告文学集《日出昆仑》，他作品里那些人物和事件深深地把我打动了。作为曾在高原上当了七年兵的老战士，作家对高原怀有一种深厚的情结。在六十岁的高龄，他每年上高原，因此，他对高原发生的哪怕只是一个细小的变化也了如指掌，因而，他的作品真挚，感人，催人泪下，但即使是在生命处于恶劣的状态和紧急的关头，他的文字也给人力量，催人奋进，让人在寒冷的风雪中，看到生命的张力和勇气，看到希望就好像伸手可及的星辰一样……掩卷深思，我好像看到了高原上的那些战友们，在风雪中一个个走了回来，他们年轻的生命，不再是石头下长久的冰冷，他们的奉献与牺牲，不再只是刻在碑文上那几个没有温度的汉字。今日的高原，经地质工作者们的辛勤探测，已查明有丰富的矿产资源和石油资源，正在逐步开发，它就像是一颗光芒灿烂的明珠，在遥远的高空上闪闪发亮；而高原上的那些绿色使者，更像是天宫里威猛的卫士，牢牢地把握着这块圣土的幸福与安全……

第二辑

回到我们
出发的从前

|记忆的故乡飘飘荡荡|

　　终于有一天，我又走进了故乡。故乡的一切仿若沉睡，还是多年前我走时的样子，并没有多大改变，而我，已不是当初的我了。每一次回去，我都有些面目全非的感觉，仿佛自己早已不是原来的自己。我身上带有的气息，早已脱离了故乡的各种传统，变得是那样的缥缈与虚无。谁能想得到，我当初从这里走出的时候，是一个多么勤劳朴实的小伙子啊，可如今，小伙子还是那个小伙子，思想却早已不是当初那个小伙子的了。城市的生活，早已洗涤了旧迹，把我改得一切皆非，既没有故乡那些原始的启蒙，也没有自己个性的建立，更谈不上有完整的信仰和信念。每次回来时，我的心总是要被故乡的过去宰割成无数碎片，最后滴出血来，洒在我回乡的路途上。

　　母亲在院子里站着，她根本没想到我在此时要回来——从我们长大后，她放飞了手里握住的细线，就再也拽不住风筝的绳索，只好把思念祈祷于风，盼风能把那根绳从天涯里刮回来，让她看看自己的儿女是不是真的长大了。无论儿女们到了多少岁，在她面前，总是过去那个毛茸茸的、长不大的和脱不了稚气的孩子。母亲并不是盼望他们回来能享多大的福，而是随着岁月的涛声，她的腰在渐渐地弯下，她的眼在渐渐地模糊，她的耳在渐渐地变聋。她只想趁她看得见的时候，能够多多看上几眼——看了这一眼，以后她还能不能看得见呢？可怜的母亲啊，她摔了手里用来喂猪的盆，扑过来把自己也有了儿子的儿子搂在怀里，完全没有一丝的羞涩，有的只是自己儿子回家来看她的自豪。

可怜的母亲啊，你看看你手上的骨头和青筋吧，你看看你红肿的眼吧，你却总说不苦不累，你总是说一切都好着哩，你们在外好好干吧……可怜的母亲啊，你再看看你那在城里长大的孙子吧，他竟然不敢扑到你的怀里去。难道，只因为你身上穿着粗布的衣服？

啊，母亲，你再看你身后的那只小狗，它好像怕是来了坏人，想过来保护你吧？它的鼻子东闻闻，西嗅嗅，好像这些从外地赶回来的、衣着光鲜的人不是什么好东西，只要你受到了侵犯，它就要过来保护你。母亲，你的老年，除了父亲伴在你的身边外，再就是这只不会说话的狗了。它，是不是更甚于你的儿女？你在田地里的时候，它跟着你，为你站岗放哨；你在山冈上劳作的时候，它还是跟着你，为你唱些不懂的歌；你在睡了之后，它还是忠贞地跟随着你，守在门外防止意外的入侵。人们常说"儿不嫌娘丑，狗不怨家贫"，儿尽管不嫌娘丑，可娘哪里得到过儿女的照顾？哪里得到了儿女们的幸福？可一只普普通通的狗，它吃了粗粮淡饭，也知道反哺主人的恩赐。然而儿女们，在受了娘的恩赐之后，都走得高高的、远远的，有谁，曾像这只家狗一样随时跟在你的身后，给你应有的关心和照顾？母亲啊，儿女还不如一只家狗哩！

我对自己的儿子说，去吻吻你的奶奶吧。儿子迟疑着：这是自己的奶奶吗？这是自己父亲的妈妈吗？她的样子，简直不能和城里的外婆相比，城里的外婆，穿的衣服是多么漂亮啊，她的皮肤，又是多么平滑啊，哪像乡下的奶奶，脸和手都像树皮一样干涩、发抖？

她的奶奶，也迟疑着，不敢去亲亲她日日夜夜朝思暮想的孙子，只是嘿嘿地笑着，双手在衣服上不停地搓揉，两只眼睛却牢牢地盯着

他。最后，母亲喜极而泣，眼泪布满了她的脸颊，顺着褶皱沟沟壑壑流下来。她还是站着盯住自己的孙子，当我把儿子推了一下之后，儿子才终于抱住了她，叫了她一声奶奶，她又哭又笑了："多好啊，我的孙子，多好的孩子啊……"

一家人进了屋，母亲于是冷落了她的儿子，她的全身心，都放在了孙子身上，把那些准备了不知多长时间的、自己从来舍不得吃的东西拿出来，摆在她的孙子面前堆成了山。当孙子终于吃了那些东西后，她就直怨她的儿子粗心："看把娃饿成啥样子哩，真不晓得照顾孩子，只顾自己玩哩。"孙子听了这些，很快就和她打成一片了，在他奶奶面前告他爸爸的状，说他爸爸在城里是怎样怎样地打他。母亲心痛地捋起孙子的衣服，一边检查一边为她的孙子撑腰："娃哩，有我哩，不怕他能到哪里去，你爸爸小时调皮着哩，掉到水塘里差点淹死哩……"

儿子一听就乐了，一边乐一边不忘向爸爸印证。

母亲啊，那些事我都忘了多年哩，亏你还能记着……

你还能记着我以往每一次为什么挨打，记得我第一次上学时最初学会的那几个字——你可是一字不识啊，为什么能记得清清楚楚？你还记得我们偷了别人的桃子，是怎么躲到涵洞底下，让你找了大半夜都不敢出来。啊，母亲，你使我明白了，无论我们以后到了多大的年纪，天底下只要有了母亲的存在，我们就有着自己永远的童年；只要有了母亲的健在，我们的童年就不会逝去。

后来我又来到老屋，父亲在老屋前搓着草绳，他不像母亲感情那么丰富，他一辈子就那么沉默，永远不说话，永远不闹事，永远只有在内心里包容着那个世界。父亲是一座沉默的大山，让母亲能够靠着他休息。但是父亲也是一位家庭的君主，他高高在上的权力不容我们侵犯，我们过去都曾反抗过他，直把自己弄得遍体鳞伤还不屈服。这时候只有母亲出来维护他的尊严，母亲以她那平静的声音赶走我们的虚弱，使得父亲在我们少年时能够安全的撤退。那时候的父亲冰冷冷的，整天阴沉着脸；可现在，父亲想要我们陪着他说话了。他很想谈谈他的庄稼，很想谈谈他内心的土地，但是我们现在没有这份心情，我们都不想让他在晚年再去伺弄那块永无完结的苦役，于是父亲走开了，他沉重的叹息从墙的那边传来，我一下子被他苍老的声音感动了。记忆之门开始开启，我仿佛看到了童年时是怎样跟在他的身后，去拾起那些丢落在田地里的稻穗，父亲在身边给我讲着一粒稻一滴汗的不易——那些我也曾对我自己的儿子在饭桌上讲过，我讲得绝对没有父亲那么生动，儿子也听得漫不经心。妻子还在旁边说，年代不同了，你老讲那些干什么，都老掉牙了。

对此我还能说些什么？

父亲的叹息还在那边继续传来，一刹那，我忽然觉得他像一个孤独的行者，这么多年都在苍苍的夜色中走着。夜里很静，我一下子像是明白父亲了。为什么我们总是要把一些好的东西丢落掉？为了生活？为了生存？或者是为了其他的什么？父亲是不会说的，他也许能够体会。经历了人间大半个世纪的沧桑，父亲从来没有找到一个心灵的对话者。小时候我们把他当作暴君的象征，四处逃避他；长大后我们更是走得遥远，从来没有谁去想过他的心事、他的田地、他的庄稼，还有他的嗜好，也从没有带去对他的那一份问候，相反，我们总是关心母亲如何如何，把这个家庭的主管却冷落掉了——只有母亲还是像当初一样，维护着父亲应有的尊严和自尊。而我们儿女，又何曾考虑过父亲的喜怒哀乐？男人也一样需要关怀，父亲啊，当我听到了你的叹息的时候，我心里涌起的是无穷无尽的歉疚。我也是做了父亲的人了。当我们下班后正在暖气与空调下享受的时候，你却在风雪抑或烈日下劳作，那时你的稻田里，还有你放心不下的收成与天气！

我于是翻身下床，推开门想到外面去走一走。整个村庄都很寂静，整个夜里都很寂静，月光有些冰冷，月色却有些温柔，我的目光

扫视着我过去生活过的地方，那些熟悉过的而后又陌生下去的一切开始走入我无穷的记忆。在朦胧的月光中，我看到了一个纯真的少年向我走来，我几乎不认识他了。当初，他是多么的可爱啊，他的思想，是多么的海阔天高而又洁白无瑕啊，可是他又慢慢走远了。再回来的那个人，已不是当初的他了。他的思想里有更多的枝枝叶叶，有更多的沉重与辛酸。我回过头，看到村庄在一片祥和中睡去，那个少年也不见了，我只觉得有一种发咸发涩的液体，迅速布满了我的眼眶，布满了我回乡的脸，打湿了归乡的那条遥遥小路……

北大校长周其凤跪拜母亲的背后真相

那天，同事送了几张北京音乐厅的贵宾票，说北大和台湾大学联合举办音乐会。因为我儿子从小便学习打击乐，于是便带他前往。去后，我儿子告诉我这是管弦乐。原来，这是一场北京大学中乐学社与台大薰风国乐团联合音乐会暨北京大学第十四届化学文化节闭幕式演出。演出以北大校长周其凤所题的"跨越时空的交汇"为题，反映出北大"大学之长，贵善综合"之理念。

大陆与台湾，虽未统一，但血脉相连；北大与台大，虽一衣带水，但原本同源。是以莘莘学子，尽显其才。北大演出的有民族管弦乐《节日庆典序曲》《宫调》《商调》《角调》《徵调》《羽调》，台大演出的有民族吹打乐《夺丰收》和民族管弦乐《祈雨》《一江春水》《海上第一人》《台湾追想曲》《童年的回忆》，两岸血脉同根，文化同源，这些优秀的中华儿女，虽然不是专业团体，尚属学生社团，但皆是有板有眼，一举一动，大家气象。既有古曲的演绎，又有青春的激昂；既有相思的夜曲，亦有童年的回忆。其情其景，令人深深沉醉。

演出前，人头忽然躁动起来。有人说，是北大校长周其凤来了。我回头看，就坐在我们后面微笑，没有一点官气。开场时，他登台与台湾大学领队致辞；中间又登台一次，是两校校长互赠书法；最后一次登台，则是音乐会安排了演奏周其凤校长写的《妈妈的油茶果》和曾传得沸沸扬扬的《化学之歌》。

前几天，关于周其凤校长回乡为九十岁老母庆生时跪拜的消息，在网络与微博上炒得很厉害。在这首他写给他妈妈的歌里，我们不难看出周校长之所以跪拜的初衷。他在歌词中这样深情地写道：

在高山深处的悬崖陡坡
长着妈妈的油茶果
油茶果的油汁里
饱含了妈妈的眼泪，妈妈的苦

在山溪旁的油坊里
水车吱扭吱扭地旋转着
妈妈背回的茶果哟
榨出了滴滴香油，留下了饼饼茶枯

洁白的油茶花开了又落
化作妈妈年年的果
油茶果的背篓里
装满着妈妈的希望，妈妈的我

在我远行的日子里

妈妈一天一天地变老着

妈妈捎来的茶油哟

炒香了我的饭团，陶醉了妈的爱抚

啊，

在高山深处的悬崖陡坡

长着妈妈的油茶果

啊，

在高山深处的悬崖陡坡

长着妈妈的油茶果

这首歌是由北大与台大学生一起演奏的。在琴瑟共鸣中，一个北大的歌唱演员伴着深沉的旋律，满怀深情地演唱了这首歌。主持人说："前几天，关于我们周校长回家为老母亲拜寿的事，在网上传得很厉害。我想，此时此刻，我们请校长讲几句他写这首歌的初衷。"由于演出单上没有安排演奏这首歌，周其凤上台讲了自己写这首歌的初衷（以下内容根据现场记忆记录）：

我难忘自己小的时候，跟着妈妈到深山野岭中捡拾油茶果的故事。按照我们当地有这样一个习俗，即山主人采摘后残留在高枝丫上的长在险崖之处主人放弃采摘的茶树上的果子，都被称为野果子，无论任何人都可以进山采摘，叫作"捡茶子"。因为我们很多人家的茶油不够吃，所以都进山去捡。每年的那个季节，我妈妈就会带我进山。我先是在山上玩耍，到了能爬树的年龄，也开始帮妈妈采摘一些。记得有一天，妈妈把我放在山里稍平坦一处的山坳里，便去捡野茶子了。妈妈一边捡，一边不时地喊着我，怕我走丢了出事。可我也得捡呀，渐渐地，妈妈离我越来越远，喊我的声音也越来越小，直到完全听不到妈妈招呼我的声音，我喊妈妈她也没有答应。那时我还小，一个人在那寂静的深山林里，突然感到了恐惧，有了前所未有的担心和害怕。刚好那天，有个砍柴的男子，来到我身边的水塘里磨刀，更是把我吓得大声哭喊，可就是听不到妈妈的回音……这时，山色越来越暗，我的哭喊也变得越来越弱，连嗓子都喊哑了。等我妈妈找到我，回到我身边的时候，我哭得快不行了……（作者注：周校长讲到此时，声音变了，可以看出他在控制感情，台下都静悄悄的，有人开始擦眼泪），我看到妈妈，哭喊变成了哽咽，妈妈像个泪人一般，把我紧紧地搂在怀里，哭了很久很久。我后来才知道，我妈妈为了捡到更多的茶果子，不知不觉走远了，翻到了山梁的另外一边，根本听不到我的哭声……

周校长讲到此时，戛然而止。他原来脸上的笑容，突然收住。静默了几分钟，他说："不讲了，谢谢大家安排这首歌曲，感谢北大和台大的同学们……"

一阵热烈的掌声包围了整个音乐厅。

我忽然明白，他——一位北大的校长，为什么能当上校长。那些曾笑过他跪拜的人们，不知你们知道了他背后的故事，心中为自己的笑作何感想？我也不知道那些在贫寒中亦如我等一样走过来的人们，在听了这个掌管北大人的一席话后，对自己的人生有何规划？

中国有句古话，叫"百善孝为先"。周校长的母亲如此含辛茹苦地养大他，他当了再大的官，在母亲面前也是孩子，为什么就不能跪？往事依稀逝多少，去日苦多皆在心，他为什么就不能哭？拿此事说事的人，不知是何居心！一个家庭的私事，一个民族的孝道，竟然在别人眼里，也要打上人为的社会烙印。与一些为了名、为了权和为

了钱而甘心下跪的人相比，一个给自己母亲下跪的人，不知要高尚多少倍！

殊不知在这个世界上，我们都曾是如此卑微的一群，我们都曾为弱势群体，我们都曾尝过人生无以言说的困苦艰辛，我们都有这样一位生活在底层却用自己的双手为自己儿女奔波操劳的不为人知的普通母亲……只是你们，不曾经过、不知道这些善良的母亲们，曾受过这样的苦而已。当这样的母亲在受苦受难的时候，当她们的孩子在艰辛奋斗的时候，有多少人又滋生过同情之心和伸出过援助之手？

因此，我为周校长在母亲前的那一跪叫好：周校长，您是您母亲的好儿子！您也是我们这个多灾多难民族的优秀儿女！这样的孝子，不挺您？挺谁？这样的好儿子，您当北大校长比许多官本主义更让人放心！

在现场热烈的掌声中，看到周校长又恢复了往日的笑，我却突然想流泪。

童年的"年"

这天早晨醒来的时候，不知怎么想起了故乡，想起了母亲，想起了童年。

最喜欢大雪下起来的时候，屋外的那种温馨气氛。那时年关将近，虽说家家户户都很贫穷，但那种穷热闹的气息钻人鼻孔，一群又一群的孩子，跟在杀猪人的背后，想抢到那个猪泡，吹得大大的当篮球和足球。

大人盼种田，小孩望过年。人们这样说。这样说非常真实。

那是江南的乡下，我故乡的村庄里。

"吃吧吃吧，今年就这些了。明年会多些。"母亲说。

我们挤在桌边吃那盆肥肉。那时的肉真肥，腻得不行。今天的人看了想吐，但那时我们抢着吃，挺香。一块肉还没有嚼烂便吞进了肚里。

母亲的眼圈在那时变得红红的，她看着我们吃，不时摸摸我们的头。父亲则笑着看着我们，那是他一年到头难得的笑。要是以往我们这个吃相，肯定头上会来一下子。

我们吃得满头大汗。最馋的是弟弟，他一般是吃了自己碗里的看着盆里的，喜欢多吃多占。我姐姐大度，带动着我也谦让，我弟弟则毫不客气，非得吃个饱。

母亲看着我们吃，终于脸上露出了欣慰。要知道，一年到头，除了到亲戚家去拜年，在自家吃肉的次数也就这一回啊。

那时的过年真叫过年，尽管什么也没有，但是整个乡下都是热闹的，喜庆的，欢腾的。一群又一群的孩子，在寒冷的冬天中流着清鼻涕，踩着积雪跑跑跳跳，打打闹闹，放鞭放炮。我常常能听到脚下的

雪地，在咔嚓咔嚓直响，像不小心一脚蹬破了天空。村子因为有了我们这样一些不知天高地厚、不怕天寒地冻、不晓炎热冷暖的孩子，变得生机勃勃，活力无限。不时有一个宝贵的鞭炮，在脚下炸响，那是非常高兴的事情，虽说心中还有些恐惧，可在人家敬了祖宗放了鞭炮之后，我们照例是要跑到炸完的地方捡一些没有响过的。我们称之为"哑火炮"。我弟弟那时还挺坏，他经常把哑火炮两头一挤，中间断裂后露出火药，然后点着"哧"的一下吓别人。有次他还把这样的一个哑火炮装入一根烟中，然后敬献给我三叔。我三叔挺高兴，喜滋滋地点上，可才抽几下，鞭炮突然响了，三叔的嘴炸了一团黑灰，脸上也是青乎乎的。他跳起来，破口大骂地去抓我弟弟。我弟弟一见吓坏了，赶紧跑，比兔子还快。三叔追了老远，直把他赶到田野里抓不着才罢手，回来还骂骂咧咧的。一屋子的人都在笑，可我弟弟吓得不敢回来吃饭。晚上回来后，挨了我父亲的一顿暴打。

玩还是次要的，过年对于我们来说最重要的是吃。穿新衣裳在我们那里几乎是不可能的事，几年买一件衣裳，有时都舍不得穿。我一直到高中毕业，还穿着屁股上打满了补丁的衣裳。在学校里晃来晃去，特别抢眼，所以上学期间我一直把头低着走路，基本上不喜欢出教室。我母亲流着泪说："伢啊，不要与别人比啊。我们穷，也不欠（羡慕之意）别人的。你要好好读书，以后自己去挣。"我把母亲的话记住了，所以读书很用功，虽说自卑像块糖鸡屎一样黏着，可成绩没落下。

母亲还说："人家吃肉长大，你们吃着菜长大，也不比别人矮。"母亲一说就哭。母亲的眼泪使我从此对吃不那么在乎了，尽管有时看到别人吃好东西心里痒痒的，但是不像弟弟那样跟在人家身后。拜年时，也不像弟弟一样非要把一碗吃完。因为当时在乡下人家去拜年时，吃人家的"冲肉"一般的规矩是要留半碗的。所以我们吃的说不定就是前面来客吃了一半后剩下的，我们剩下的再让下一拨客人吃，这是每家每户都有的事。那时我们不知道什么叫作分餐，什么叫讲卫生，只要有吃的，管他天塌地裂，天王老子，观音菩萨，先吃了再说。我们乡下那时的肝炎许多就是这样传上的，但当时要是能够吃上那样一碗肉，还有谁会管它肝炎不肝炎呢？先把肚子填饱、把嘴巴问题解决再说。民以食为天，吃毕竟是人生的大事啊。

然而春节就那么一晃而逝。那么几天的时光，到了初七八，所有的年都基本上拜完了，大人们等着春秧下种，踩着那么冷浸的水赤脚下田，小孩子们又要开学，又要哭着向家里讨学费。如果没有的话，大人还得跑到学校里去打声招呼。

我母亲是这群去打招呼的常客之一。多少年后，我还记得母亲那种惭愧与自卑的情形，记得母亲低着头走在我身后的身影。那些寒冷的冬天，我不知为什么记得那么清晰，清晰得直到今天我还想流下一堆泪水，来帮母亲哭一场，解除她心中的隐痛。

故乡太穷了，我们家太穷了。其实我根本就不懂得读书会如何改变命运，母亲让我上学，当时也不过是希望我能多认得几个字，不像不识字的父亲那样在村子里老受人欺侮。有时，父亲明明一天要得十个工分，可人家就写八分，父亲也不知道。那些工分本可是父亲的命根子，一年到头，算账时就指望着它啊。因为我父亲始终在生产队里埋头工作，苦干加巧干到年底最多时一家不过只有七十来块钱。减去平时支着用的，到手的也就二三十块钱。因此，父亲的工分本一直放在抽屉里，是不许我们动的。一直到我上中学时，我还见过那整整齐齐的、厚厚一叠的工分本，见证了父亲那些年的艰辛岁月。

而今，那些一切已成往事，已成记忆。多少年后，我也不知流了多少血泪终于奋斗到了城市，生活在我面前亮起了另外的光斑。当一切慢慢成为过往，过往的理想又慢慢变作现实的时候，故乡的那一切都远去了。特别是母亲，她已长眠于地下，已把世界的一切遗忘，独自去了一个陌生的地方。她的一辈子，在能吃的时候没有吃的，在

有吃的时候不能吃，在享福的年龄里却在一个深夜悄无声息地离去，把全部的悲痛放了我心上。每想到童年时母亲说的那些话，我便觉得心头增加了一种沉甸甸的东西，便觉得城市像是一个巨大的梦境，觉得眼前的一切不太真实。想起母亲的身影和她的忧郁，我便觉得生存的残酷与命运的无情；想起母亲没有留下一句话便选择了与我们告别，我便觉得生命的短促与光阴的荏苒。每当想起母亲，我的眼泪便扑的一下掉下来；特别是想起自己在人生路上，不知多少次选择了与她的不辞而别，便觉得灵魂上多了一些不安，觉得自己一直跪在她的面前，要把往事重新翻阅，要让人生重新再来。告诉她如果她还在的话，我不再为了前途而选择万里之外的遥远，不再为了工作几年不回故乡，不再为了世俗而忽视了对她的关怀。

我感谢我的母亲。她让我们学会了自尊、自强，学会了坚韧与坚强，学会了勤劳和善良，学会了在人生最低谷的时候，要坚守自己做人的原则迎难而上，卷土重来。

我爱我的母亲。虽然这个爱现在只能停留在字面上，但正因为有了对她的爱，和她释放在我们身上的全部善良和炽热的真情，我们才懂得了爱生活，爱别人。

我愿母亲所去的那个陌生的地方会是天国。因为我感觉到，如果像她那样善良而勤劳、肯于付出与牺牲的人，不进天堂，那天堂还有什么意思呢？

|有梦到过的地方|

我们黄安城是红四方面军、红二十五军、红二十八军三大主力红军的发源地和起事地，每个村庄里出去闹革命的现象比比皆是。谈起黄安城，人们就会想到将军县。

我们村紧挨着七里坪，是革命闹得最为激烈的地方。先说句不幸的话是，我们村出去参加革命的没有一个活着回来的，所以解放后也便没有一个将军。我爷爷弟兄三个，有两个参加了革命，都死在国民党手里，解放后不仅没有评上烈士，我三爷爷还被划为富农，挨了不少批斗。每次斗，总是被打得血淋淋的回来。想死，也会被母亲的哭声劝住。他知道，如果自己死了，下一代就会受更大的罪。

长大后我完全想象不到，在寂静的山谷里，还曾经闪耀着那些革命者的影子。他们追逐理想而不要性命的故事，在今天好像有些匪夷所思。在我小时候的记忆深处，留下的全是母亲的哭声。母亲似乎总在不停地哭，半夜醒来哭，走在田野里哭，进入深山里哭，睡在床上哭。这种哭，让小时候的我变得格外多思而又忧郁。我总觉得，我们这个家族里，一定发生过许多重大的事情。不然，挂在母亲脸上，理应是拥抱新社会的微笑。

于是，我常常以自己的行动去宽慰母亲。我陪她劳动，陪她说话，陪她走过村庄的许多地方。在山顶的废弃的城寨里，我捡到长长的带青铜色的子弹，那是革命者们留下的子弹；在半山腰里，我捡到空洞洞的已罐了泥沙的弹壳，那是革命者们在仗后留下的痕迹；在山脚我们休息的石头缝里，我看到了打进去留下半截的子弹头，可以想

见当时的战斗无处不在。小时候，我坐山头上想那些曾在此战斗过的人们，想象他们那些险象环生的战斗。那时我们还不懂牺牲，只知道好人坏人。参加共产党的好，参加国民党的坏。我们也不懂革命者们的梦，为什么到了甚至连亲人也要消灭的地步！许多故事与传说，也都是村庄里的人们，在茶余饭后的谈资所得。我们围坐在大人们身边，去回味村庄走出的那些人，一场又一场真实的搏斗。我甚至想象不出，在那样的冰天雪地里，怎样埋藏与活跃着无吃无穿的队伍，不知道他们到底是怎样生存并活下来的。

我大伯对我们家族没有评上烈士表达了愤怒。因为解放后，参加革命的门前开始挂那些由铜牌做成的"烈属光荣"的门牌子。我们家族不仅没有，而且剩下来的一个还打成富农，一顶沉沉的帽子压在家族每个人的心头上。

我大伯反复讲述我大爷爷和二爷爷的死。一个被国民党的狗咬死，硬是没有说出游击队藏在哪里的话；另一个被国民党的人在麻城的白果吊死，也没有低下昂贵的头。结果，一个收了尸，另一个不知所终。为了评上烈士，我大伯甚至找到了当时的一些老人作为见证者，但在村里权威的把持下，一切走了样。见证者不敢言话，而所谓的权威者，嫉妒我们祖上的繁华和家中曾置有大片良田，最后不仅没有挂上烈属的牌子，我的三爷爷还被斗得死去活来。

日子便在一场青草一场枯中慢慢移动。许多事，随着时光的打磨，已渐渐随风散去。人们似乎更加关注如何生存的现实，革命不革命，随着村庄的持续萧条，人们不再提起。而一场又一场的乡间运动，也早就化为历史的尘埃。那些在我童年时威风凛凛的"大人物"，也渐渐变成乡间弯了腰的小老头，多数都是艰难度日。只有我父亲，在烈属们发年终补贴时，还是很羡慕。羡慕之后，又是一声长叹。与我母亲更在乎那个"烈属光荣"的铜牌不同，我父亲作为一家之长，可能更在乎那一点经济利益。以至于今，他年已七十，到北京过年我们喝酒聊天的时候，他还不无遗憾地提到此事。这让我沉默在那里，心中好一阵忧伤和感慨。

小时我想，等长大后，自己一定要为家族做些什么。但长大之后，当我成为我们村庄里解放后第一个去当兵的人时，那些老人们都已离开尘世，不在人间了，也就没有人能去作为见证者。再说，随着时代发生的巨大改变，人们对过去是不是烈士，已不再那么关心重视了。我最后所能做的，也仅仅是在小说中，写到了埋在地下的两个烈士爷爷，希望他们在天堂里不再当兵打仗，不再有战争发生。那个题为《本吴庄的革命史》的中篇小说，写于去年的春节。那个春节，在北京浓浓的鞭炮声中我突然想起了逝去的他们。文章后来发表在《西南军事文学》，除了拿了两千多块钱的稿费，没有任何反响。就如当年我们村真正走出去为革命打仗的那些人一样，包括他们的理想、信仰、意志和力量，也开始早就渐渐湮没于荒芜的田野中，消失在历史的硝烟深处，从此不知所寻也不知所终。我们村庄既没有享受到什么荣光，也没有人说声遗憾。倒是下面村庄，几个跑到台湾的老兵回来，还捐钱修路修庙，让我们村的人提起来口里直打"啧啧啧"。

与那些后来被授衔为"两百个将军同一个故乡"里的将军们相比，或许，这就叫作命运？

不知道。我只知道，爱哭的母亲终于在2003年的秋天，彻底解除了病痛和苦痛，一个人悄悄地离开了这个世界。如今因为父亲来北京过节，母亲的坟头暂时还没有人为之烧纸钱，这个苦命的女人，一辈子的生和死都是如许的寂寞！我还知道，在今年这个春节，我再一次想起了没有留下任何头像与声音的革命者们，希望他们曾经拿命去拼搏的理想，以及他们无比崇高的天下大同之梦想，能够在另外的那个世界里，以平安的方式得到真正的实现。

|想起令我如许忧伤的故地村庄|

有一天夜里我想起了村庄。我想起村庄时非常寂寞。因为我想起了过去贫穷而又辛酸的记忆，在记忆过去之后，我发现今天的人们虽然过得比过去稍好，但是记忆中有很多人却不在人世了。

贫穷可以说是伴随我们成长的伙伴。贫穷的年代，我们思想特别激烈，我们的性格特别敏感，因此记忆也就特别深刻。从不懂事时的瞎热闹，到懂事后我们渐渐沉默，村庄的一切像是一本无声的书，写在了记忆的储仓里。母亲在贫穷年代里顶受的一切，好像被风吹起的一页页纸张，张张湿润了我的心房。

我也便在深夜的怀想中走入村庄。走入了记忆中的每一个角落。我发现往事是那样清晰地在我心头上坐着，往事中的人，这个世界与那个世界中的，仿佛是故乡的山水或房屋，沉默地立在原地，看着我归来。母亲走后，我回故乡便渐渐少了，但母亲生前的一幕幕，让我在内疚中看到自己的过去，是如何为了所谓的前途而放弃亲情团聚。等有一天意识中想起亲情的时候，亲人们已经悄然远行。而母亲在贫穷中的挣扎与哭泣的声音，携带着往事呼啸着从我眼前晃过，我不曾想到还有那样的岁月，生根发芽般地从心中穿过，一种疼痛遍布全身。

往事是家乡的油灯之下，我听到母亲的低诉与哭泣；往事是父亲粗大的手掌，落在我偷懒后脸上的声音；往事是无钱上学时，我走到学校门口又垂头丧气返回的脚步；往事是姐姐为了让我读书而走向田间地垄里的深情；往事是一个个人的变迁，无常的命运安排的一道道沟坎；往事是一个倔强的少年，走在天空下那可怜而又无谓的自尊……

往事是那样令人忧伤，人生是那样变幻莫测。

记起家乡大雪下起来的时候，我可能走在雪地里，遥想着远方的世界是不是有我的一席之地，因为脚下贫穷的土地，带给了我太多的屈辱与苦痛使得我不堪回首与驻足。但是有什么办法呢？我们生活在哪儿，一天天的生活没有丝毫的改变，一天天的生活周而复始，我想象不到希望会在脚下生根，也看不到未来会向着我们招手。熟悉的地方没有希望，而遥远的地方没有熟人。只有思想的空白地带，平添了许多现实的忧伤。那时候，我真像一只雪野里的狼，在茫茫的天地里寻找赖以生存的粮食，但是天空如洗，四野空空，一无所有的狼只有对着天空干嗥，仿佛心头的血都在奔涌，但是现实的世界仍然是那样冷酷，并不因为贫穷而无端的施舍，也不因为自身毫无过错带来幸福的降落。

一只饥饿的狼走在原野上，与我当时走在村庄里没有丝毫的区别。

许多年过去后，在命运发生了翻天覆地的变化后我回故乡，看到故乡的人先是少了下去，老人们老了，老得不能动的去了；而小孩子们不认识了，小的也不知我是谁了。唯有与我一起成长起来的那些人，本来熟识，但为了生计，他们在一生的开春之际，便又打工去了远方……

村子里流露出一股忧伤的气息。那时我走在村子里，眼泪总是突然想落下来。我不知为什么在返回故乡时那样脆弱，或者因为城市的同类由于生长不同的缘故，我想他们可能也很难理解这种复杂的心情。当母亲坟上已长出了青草，当青草又变成枯黄，我真不知道母亲的心事是否还在世上飘荡，母亲当初哭泣的声音是否还在山间盘旋。但是我看到了自己，在城市的生活中慢慢变成了另外的一个人，在村庄人眼中慢慢地异化成另外一种人，在兄弟姐妹心中慢慢幻化成另外一类人。我不知道，村庄的草木在拂过我的脚掌的时候，是否还记得当初那个赤脚的少年，为了一点点收成赤足奔走在

广阔的田野里，不知道那些委屈的泪水，流在何方的田岸上，不知道那些遍野的山花，是否还记得那个少年与满腹的心事和满脑的忧愁，只知道一点一滴的记忆，慢慢溢满了胸膛，让我在那一刻变得如许忧伤。

记忆里，通往山外的路是那样悠长。而心事的悠长更是弯弯曲曲，折折叠叠。在通往城市与人生的另一扇门房的路上，不知有多少歧途，曾经令我迷失方向，找不到坐标。又不知有多少障碍，差点令我改弦更张，丧失要前行的方向和理想。从少年到青年的点点记忆，洒在了那不为人知的路上，幸亏有一腔热血在，有一腔努力在，否则倒下的也是那不被人知的一个。失败，已使得我们更快地成长；而成功，也不再是那样遥不可及。它让我相信，付出的确总有回报，天地终归公道。

在城市的一个寒夜里想起故乡，还想起了故乡的山川、田园与牛羊。那些亲切的事物，虽然遥隔关山，但回味的气息，还在故乡的田野上。曾经多少次唱过的那首歌，再次在心灵深处想起，在忧伤之外，让我看到了当初少年，是怎样咬牙翻越了山冈：

> 生活是一框，时序轮转的风景；你我怎能忘，那些萦怀的惆怅？我咬牙，我奋斗，我努力，终有今日的模样！
> 谁懂风？谁懂梦？谁懂乡愁？谁知寂寞？我付情，我付爱，我付青春，却付不起一生的承诺！

在慢慢熟悉的城市，记起慢慢陌生的村庄，此夜如水，却不知东西南北。在慢慢熟悉的人群，想起慢慢陌生的亲人，此时此景，不知多少怅惘。

于是，今夜抱着忧伤入眠。盼望梦中，能遇见母亲，带我重温过去的一切，不至于令我明天不知前行的方向。其时，时近年关，父亲来京小住，正是鼾声入梦，一夜无惊无扰。

外　婆

那天我儿子写作文时，问写谁。我说，你与谁熟悉就写谁。儿子说，那我写姥姥吧。我说好。

儿子破天荒不让我辅导，非要自己写。以往，每遇到写作文，就像挤牙膏，生气不说，还丢三落四掉字。这次不让人辅导，倒让人奇怪了。儿子边写边说：老爸，我写得不好，你不要笑我。我说，不笑。儿子说：你是作家，我比不上，但我有灵感了，我自己写。

儿子很快就写完了。中间只问了我几个不会写的字。文章写得奇快。我还没看，儿子便跑到客厅里，要对我们念。他一边念，我看到，儿子的姥姥开头是笑，后来写到她如何辛苦操劳并感谢"亲爱的姥姥给我的照顾"时，她笑中含了眼泪。

我在那一刻觉得，那是儿子写得最好的一篇作文。

而对我的外婆，我没有一丝记忆。我母亲生下我的时候，外婆就在另外一个世界里了。我对外婆的印象，就是母亲每遇到亲人间的悲酸痛苦，便跑到山中的一座坟上哭。我小时候不懂，母亲为什么会伏在一堆坟头上哭。慢慢长大后，我便理解了母亲——坟里头是她最重要的亲人，她无处倾诉的痛苦，只有在大山间长嚎啊！那是阴阳相隔的两个世界，让我感受到了母亲与那个世界的联系。直到有一天，母亲也突然去了那边，不知她们是否还在一起，是否能够过上幸福的生

活。我迷信，每次回故乡，就跑到母亲的坟头烧纸。在我简单的想法里，就是母亲这辈子在人间受尽了凄风苦雨，不能再到那边受穷了。

给予了我第二次爱的另外一个外婆，是东不拉的母亲。那时我在新疆得到东不拉的帮助，当了兵并最后考回内地，第一次探家的时候，我就先去看她。她老远就叫我的名字，那种感觉，使已不再年轻的我，感受到了另一种做外孙的温暖。她像母亲，总是待在厨房里，不停地做饭，仿佛要把好吃的东西，一下子全装在我的肚子里。外婆说，你为我们争了光，我很高兴啊。外婆一说，我的泪水直打转。她是把我当亲人啊。外公喜欢喝酒，也要我喝，外婆就训他说：不能喝就不喝，你把伢喝伤了怎么办？外公笑。外公酒一多，就摆起大男人的架子，指挥外婆干这干那。一看，就是故意的。但外婆也不恼，你让干就干，一边干还要讽刺外公几句，说外公好像是当官的。外公也不恼，只是逗乐。没事的时候，外婆便坐在面前与我拉家常。她说：你大（指我母亲）多贤惠的一个人啊！然后，她就谈起过去村庄里发生的那些事情。比如我外公年轻时参加革命，新五师突围打散后从外面回来，怕被人抓，穿着国民党的衣服，装不下去便又逃走了。这一去，便在外面给地主打了四年的长工，最后回到家乡，也老大不小了。人家介绍外婆，外婆没意见，见个面便结婚了。我外公在外脾气很暴，但回到家，也得乖乖听外婆的。他们一共生了四男三女，在那样恶劣的条件下，也不知外婆是怎么过来的，她不但将个个抚养成人，而且人人都有出息。很快，外公的家族在当地成为望族。

外婆在村子里威信很高，谁家有事，她都主动去帮忙。吵架在我们乡下是常事，一吵起来就很厉害，所以一般人都躲。但外婆一去，随便说几句，人家便不吱声了。外婆常说：不吵不闹，不成老少，今天吵明天就好了。每次我休假期满，要回去时，外婆总是这叮嘱那叮咛，生怕少了什么。每次我与外婆道别时，就像告别母亲一样，回过头去，看到她的身影与母亲一样，在村头竹林的那边变得越来越小，多少次我都鼻子酸酸的，想哭。所以，无论多长时间回去一次，我最先去看的，就是外婆与外公。

外婆身体不好，有高血压，但她总是把笑挂在脸上。家中来了客，无论是谁，再难她都要准备几道像样的菜。因为在那些年头，周围一大片可能就外公家里还能吃得上肉。外婆从不拒绝任何一位不速之客，她爱面子，宁可自己不吃，也要让客人吃饱吃好。方圆几十里，都知道外公外婆的名声好。后来，随着条件的好转，她家几乎天天都有客人。连路过的，有时也要在歇息间，顺便到外婆家打点牙祭。所以，她家的厨房，是当地最忙碌的厨房。外婆常说：我这一辈子，就是给你外公烧火做饭……

我母亲生病时，外婆非常关心。外婆去看她时对我母亲说：伢呀，你就像是我的亲女儿啊。母亲那时病重，躺在床上，听到外婆这样一说，她的泪便迅速涌了出来。她们谈起伤心的往事，总是把泪流在一处。母亲后来对我说，因为我，让她享受到了外婆的第二次母爱。母亲流着泪对我说：伢啊，人要感恩戴德啊，做人要讲良心，要记得人的好啊……

母亲去世后几年，我每次回去，外婆都要提到她，总是唏嘘不已，说我母亲没福。再过几年，母亲的坟头的青草也是几度枯荣之后，外婆突然生病，很快就走了。噩耗传来，我十分悲痛。我请假回去送葬，但当时因为我们忙于完成一件大项工作，我是主要负责人，单位领导没批。这，也就成了我最大的遗憾和心病。后来，我从东不拉舅舅带回的照片中，看到乡间给外婆送葬的人，排成长长的队伍，这足以说明那些吃过外婆饭的人，对她的感恩与感激。

外婆去世的那个冬天，我回故乡，专门买了火纸来到外婆的坟头上。当我点上香烟，看到火纸在空中飘扬的时候，透过烟雾的朦胧，我仿佛看到，外婆仍像往日那样坐在那里，慈祥而温和地望着我微笑。

不知为什么，在那个有雨的早晨，我跪在外婆的已长了青草的坟

前，突然间泪流满面。

儿子在作文中最后一句是：亲爱的姥姥，我爱你，感谢你对我的照顾。这句话，让我想起了自己的外婆，可能因为我做得太少，竟然不知怎样感谢在另一个世界里的她。我只是写下这篇文章，作为对外婆的怀念：如果一个人真的还有来生，我仍做外婆眼里那个令她骄傲的外孙。天堂里的外婆，我愿你和我的母亲一样，在遥远的天国里，过上比这个世界更加幸福的生活！

|回到我们出发的从前|

——写在母亲去世六周年

某一天的中午，我突然做了一个梦。梦很离奇，许多死去的人与活着的人一起，都在一个熟悉的村庄生活。接着，我回到那个村庄，回到错综复杂的人们中间，突然号啕大哭。哭的时候，我埋头坐在屋子外的一个土包下，捂着眼睛，尽量不出声音。因为我发现头顶，母亲就坐在那里，我得不让她听见。

其实，母亲走了六年多了。母亲走时，我的儿子刚出生，北京遇上非典，我参加"抗非"，小生命被送到山西，母亲没有见上一面。而现在我做这个梦时，我的儿子也就是她的孙子，已经开始上小学。

醒来我发呆，便沿着记忆走入江南的雨里雾里和雪里。我记起了某个人说过的一句话，"我们常常是走得太远，而忘记了出发的目的"。我在叹服的同时，还想加一句，"甚至忘了出发的目的地"。我的出发地就是村庄。村庄是我永远埋在心底里的一个痛处。

村庄的记忆太长，我不可能一一回想起每一个细节，人、人们、狗、牛羊、土、土地，稻谷和麦子。我只记起我离开村庄的瞬间，出发的那一瞬又一瞬。

开头是小学。小学太小，学校又离村庄不太远。每天的饭都要回家吃，走个两里路，路过绿油油或金灿灿的田野，每一条田埂上都有人，大呼小叫地上学。我们不知道为什么要读书，都是大人安排的事。大人的安排，目的各不一样。我母亲的安排是，"伢啊，穷人不识字好伤心啊"。那时我还不懂母亲的伤心，除了我们家族还顶着阶级的帽子，除了没完没了讨厌的贫穷，除了常常吃了上顿无下顿的苦闷，我不晓得母亲要我读书做什么。总之，那些年，当我以侥幸的聪明换来一张张挂在墙上的奖状，我不晓得与不理解母亲的喜乐悲哀。

入了初中，开始到更远的学校上学。起初还可以回来，但太远，常常赶不上。学校便让我们住学，当然也可以不住。我开始不住，觉得还能跑得到，结果总在路上行走。穿过三个村庄，穿过三个村庄的狗叫，穿过三个村庄的落寞，我开始恍然觉得，通往山外的那条路，其实很漫长。而好奇心在滋长，关于山那边还有什么，一直是心头的一个结。可以想见，但不知怎么打开。到了初二、初三，我也就开始住学。父亲不太支持，因为干不了家务活，便意味着他更劳顿，意味着他好不容易挣出的那点钱，又要流向一个遥远的未知。但母亲支持，哪怕常常因为交学费，她是在悄悄地流了一次又一次眼泪后，偷偷地借到，塞在我的手里。那钱，便在我的掌心也有了温度。

住学，一般是一个星期。一个星期里，我们带的咸菜常常发霉，煮饭时用的大米，得在学校边的河里或学校前的池塘里淘干净，再放入一个大锅里蒸。没有煤，我们还得带柴火交给学校。五六里的路，先是父亲挑着送。后来，便渐渐地由自己担着。挑着柴火上学，也成了当时一道风景。路上遇上大哥大姐，好心一些的，便担过去，带一段。往往人到学校，身体开始散架。

日子便像教科书中一样慌张与匆忙。每个星期回到家，母亲站在一边，望了又望，仿佛不是他的儿子。终于，母亲到厨房里，开始弄吃的，他们舍不得吃的，仿佛让我一顿吃下去。我去田地里帮他们干活，母亲开始不让，父亲坚决要我帮着干。干着干着，望着高入云天的群山，望着没有尽头的路，望着不动声色疯狂生长的庄稼，我便常常失落，不知到天在哪里，希望在哪里。许多时候，我躺在山上，流泪。悄悄的，不让母亲看见。村庄里失学的人渐渐多起来，许多人也选择了广阔的田野，开始面朝黄土背朝天。我还在读，一是母亲的坚持，二是我不相信，黄土地里到底能生长出什么值得我去耕耘的东西。除了贫穷还是贫穷，除了汗水还是汗水，我对土地的失望，开始超过了村庄。我不知道，村庄除了人们一天天变老，除了鸡飞狗跳，牛出羊归，还会有什么值得我留恋。我看到父亲从早到晚侍弄他的庄稼，对庄稼的关心绝对超过了我们。我又看到母亲眼里堆起的哀伤，便盛满她的哀伤去学校寻找希望。

终于，摇摇晃晃的青春开始渐行渐远。初中苦闷的生活，在我多次想自杀而迎着母亲的目光变得没有勇气时，一下子打了一个结。

毕业了。毕业不是一件好事。起初，乡下谣传，成绩一直很好的我，考上了中专。中专，当时意味着吃国家饭，拿商品粮。那天，我和父亲在离家很远的一个水田里薅秧。我们光着脚站在泥泞的田里，秧苗拂在腿上我便过敏，全身痒。父亲起初骂我，后来听田埂上路过的人说我考上了中专，父亲的态度便变了。他说，"原来你不是吃这碗饭的"。他开始设计我的未来，将来会在城里过怎样的日子。我也相信自己一定能够考上，胸膛慢慢被喜悦充满。那天父亲很早就收工，回到家，我看到母亲眼里闪烁着泪光的喜悦。一家人，坐在灯下，静默许久。我低着头，父亲与母亲还有姐姐，都用特别高兴而又复杂的眼神看着我。仿佛，我真的就要离开他们，去过另外一种生活了。

但第二天，一个消息敲碎了全家的希望。我不仅没有考上中专，而且连高中都上不了。因为我们那个乡镇没有高中，其他乡镇的高中，录我们这个乡镇的名额，分数定得特别高。我们学校除一个与我关系很好的女同学考上了别的高中外，其他人，都永远排在别人的围墙外面。

于是，我看到，仿佛有一盆水，在冬天泼到了他们的脖子上，很冰，很凉。一家人开始坐在那里，照样沉默，并且叹息的声音从外传来。那个夜里，我翻来覆去，睡不着。推开窗，窗外弯月如刀，在我心头一点点割肉。

母亲推开门看我，问我怎么了。我强忍着泪，没说什么。母亲说，明年再好些来。母亲坐在床头，我突然觉得愧疚溢出了胸膛。

为上高中，开始漫无边际地找关系。一个山里人家，与外界几乎隔绝，又有什么关系呢？即使有点沾亲带故的硬关系，而且很大很大，但人家的日子过得那样滋润，乡下亲戚硬着头皮凑上去，也未必倾心帮忙。我那时开始明白，"穷在大路无人问，富在深山有远亲"——古人留下的千古名句，都是用血泪铸成的。母亲背着家里的花生与花生油——乡下除此，实在拿不出像样的东西，而这不像样的东西，在乡下实在是金贵——去了城里。终于有一天晚上，母亲回来了。一看她的脸色，不用问，结果已很清楚。

实在没有关系上其他的高中，母亲说，"认命吧，伢"。母亲还说，"命中只有八个米，走到天下不埋身"。母亲强装笑颜劝我，千千万万的人，种了千千万万年的田，不一样过日子？

就在我几乎认命的时候，收到了一所职高的通知书。那个地方离家六十多里地，父亲为此请木匠给我打了一个箱子——那是我出生以来，拥有唯一一件属于自己的东西。

我背着这个属于自己的东西，去了职高。职高当时也叫农高。去

了之后才非常失望，它基本上是没有希望耕耘的土地，所有学生的脸色都像挂了一层灰布，个个苦大仇深。偌大的学校里，上千名学生，几乎没有人觉得在那里会有希望。

在那里，我们学植物构造，学农田水利，学养鸡喂兔，学在那块土地上能够像父辈们所做的一切。有人于是哭，有人于是怀疑，更有一个高年级的同学，甚至选择了自杀。一时间，青春是那样残酷，它让我们每一个人，都在失落的氛围里，品尝着人们异样的眼光，转而否定自己读书与活着的意义。所有人都陷于悲伤，职高，到头来还意味着，从哪里来，到哪里去。

"既来之，则安之。"班主任说。他是一个好老头，教化学，还有无机土壤，经常劝我们在广大农村，创无限作为。我们也渐渐认命，安下身心，读书。只是，每到黄昏，看到镇边的乡下农民，踏着疲惫的脚步归家，我们仿佛看到自己的命运，就在祖祖辈辈的大山深处，谁也逃不脱。那时，我便开始静下来读书，写诗，写散文。游离的思想，记录了青春的真实。

由于离家远，为节约车钱，我一般是一个月回去一次。除了每个月初背一袋米来，还得带上更多的咸菜。当一切空了之后，开始回家。那时乡下也没有电话，六十多里地，隔断了与家的联系。

终于回来了。姐姐说，母亲的眼都望大了，特别是到了月底，她总是选择在靠近村庄出口的地方劳动，直到看到我的影子，出现在村庄的那头，母亲的脸上才浮上了笑意。为了这个笑意，我还得再次背起米袋和咸菜，上学。

一年后，终于还是像许多人那样，离开那所职高走了。母亲背着花生油，又找了人。我与母亲坐在人家的门口等。我开始哭，母亲的泪水硬硬地缩了回去。她说，"伢啊，人在屋檐下，就得要低头啊"。于是，我低头了。母亲说了一堆的好话。出了门，我看到，母亲的泪溢出来了。我转过身去，装作没看过。我说，"大，我和你回去种田吧"。母亲生气了，她一路骂我，让我胆战心惊，答应她继续读书。终于过了几日，找的那个人的爱人一个劲地安慰我说，别急，找好了，伢。

好心的女人啊！

泪水从我脸上滑落下来。我不知道鞠躬。但心底肯定是鞠躬过了。

过了一个月，我去那个离家更远地方上高中。去的那天，母亲委托一个在城里上班的堂兄送我。母亲又让我带了一壶花生油，给那个帮忙的人。我后来才知道，那个人是我们学校的校长，他与县城那位老乡是同学。无论谁是谁，无论那一年，家中的油桶见底，一家人怎样没油没盐地度日，我总归算是上了学，进了一所正规的学校，又回到了母亲希望的目光中，并在这充满希望的目光中，踏着无限的忧伤上路。

这时，我基本上是两个月才回一次家。学校离家有八十多里路，中间要经过县城。一般是我们村子里的人，把米和咸菜带到县城堂兄那里，我一个月去取一次。不回家的原因，除了学习任务日渐加重以外，还有另外一个主要原因，就是节省钱。我姐姐说，母亲常在家想我。我不知母亲是怎样想我，也忽略了母亲的感受，自己心里总是沉甸甸的。

可以说，高中几年的生活，几乎都是在一种阴暗的心情中度过的。特别是到了星期六和星期天，学校的人都回去了，偌大的教室，经常只剩下我们几个外地生。我常常一个人走在镇子周围的马路上，对着天空，涌起无数无端的眼泪。再或，一个人躺在空荡荡的集体宿舍，捂住被子哭。星期六和星期天学校不开伙，这意味着我得自己找饭吃，然而人生地不熟的，哪里去吃饭呢？镇上有餐馆，但谁能吃得起啊，买一根油条，还得犹豫再三，觉得那是一家人身上流着的汗与血，舍不得。于是，那时我有时就那样饿上一天，饿到头昏眼花，便躺在漆黑一团的宿舍里，对前途充满了恐惧。那时我自尊心很强，从

不对人讲这些事。我甚至还自作多情地爱上了一个女同学，把自己憋得心慌意乱，但想起家族的希望，活生生地扼杀了这个念头。那时，我自尊、敏感、脆弱、自卑、多情而又多愁善感，几乎看不到一个优秀青年的影子。今天我还翻那时的照片，眼里盛满的忧愁，足以杀死世界上最凶猛的动物。

直到一年过去，我交了当地几个特别好的同学作朋友，他们主动帮了我许多忙，比如把我带的咸菜拿回去加工一下，或者给我带点新鲜的菜，抑或带点吃的饭团来，这种情况才有所改变，但那时我已有严重的胃病了。一到天阴，胃部受了刺激，我痛得几乎站坐不住，严重地影响了学习。我那时开始相信，一个人的命，真的就是天生如此的。

终于，熬了两个月，回家了。回家的日子，我母亲开始搂着我哭。她一哭，我的心便像沉到水底一样。在家待两天，干上两天活，便又走了。走的早上，母亲总是要把我送到村口。有时，她还一边送，一边开始抹眼泪。于是，我说，大，你停下来吧，别送了。母亲不自觉地又跟着走。我又说。她停下来了。我告诫自己，千万别回头。等走了老长一段路，回头望去，母亲的身影还在雾中，我的泪水才哗哗地流下来。村庄，也便成了我心头永远难忘的一个痛。姐姐说，我不在家的日子，母亲在田岸上，在池塘边，在灶头旁，在菜园里，在山头顶，在河沟里，常常望着村头的路口出神。

村头，是她的全部牵挂与寄托。

有一年春节刚过，学校要求去报名——因为失望与绝望，因为贫穷与贫困，学校失学的学生越来越多，学校每到开学，不得不出此举——我在人们过年的鞭炮声中，跑到八十里外的地方报名。结果，那天下起了大雪。那是我们黄安城罕见的大雪，人们说，五十年不遇。去时，雪小，我对母亲许诺说当天一定回来。可转了几次车到了学校，已是下午时分，报完名准备回去，由于雪大，没有班车。我站在无边的雪里发呆。学校老师说，别走了，明天再回去吧。我看着漫天的雪，想着回去那么远，也有些犹豫。但我突然想起了母亲，如果我不回去，她会不会跑出来找我？那时乡村没有电话，我也不能通知母亲。再说母亲身体不好，这么大的雪，要是真出来找我，有个三长两短，我该怎么办啊？

我于是作出了平生一个重大的决定：绝不能让母亲牵挂，我要走着回去！

那时，无边的雪还在下着。我走着走着，雪开始过了膝盖。最初，还有几个勇敢的外乡同学一起走，都是山里长大的伢，走起来也没感觉什么。但快到县城时，同学们都分叉了，最后过了县城，只有我一个人了。八十多里的路，才走了五十里。我又渴又饿，这时天慢慢黑下来了，雪也下得更大。出县城时，已过膝盖的雪，让我走起来很艰难。我相信母亲一定会在家等我，于是咬着牙，坚持着往前走。每走一步，我都相信，离母亲的心，就靠近了一步。

走到一半，天完全黑了。四野里没见一个人影。我找路过一个村庄的柴堆前，找了一根棍子。因为我们那里有狼出没。我想，如果真的死在路上，也就是应了母亲的命了，如果命不该绝，怎么也能见得到母亲。好在一路除了风，除了雪，除了在风雪里胡思乱想的我，我什么也没有遇到。过去，我是害怕走夜路的，村庄里关于鬼的太多传说，让我们从小就害怕鬼会出没。但那时，想到了母亲，我什么也不怕。

这样一路走啊走啊，终于离村庄越来越近了。巨大的疲惫与喜悦，让我还加快了步伐。一边走一边散出的热，把头上和身上的雪都融化了，感觉全身湿漉漉、汗浸浸的。

那时我还买不起表，八十里的路，也不知走了多少时间，但到达村口时，已是夜半时分。

这时，我听到一个熟悉的声音在喊："伢啊，是你吗？"

我听到了母亲的声音，高兴地大声回答，"大，是我啊……"

我看到，母亲站在雪夜里，手上提着一盏马灯，无声的大雪，早

已盖了她一身一头。如果不是那盏马灯，我绝对想不到，那里站着的应该是一棵树，而不是一个人。

我顿时泪如泉涌，接着就倒下不省人事了。直到睡了整整两天后醒来时，第一个看到的，还是母亲。

她说，"可把我吓着了，生怕你出事呢。"

我握紧母亲的手，身子在不停地颤抖。

从此我相信，永远守候在村头那棵树下，等我和盼我的那个人，是一个人到中年但头发渐白的女人。许多年后，当我有了自己的孩子，母亲已远离人世，我更明白，会守候我一生的，也仅有这样的一个女人。

村头那里消失的，永远是她的牵挂；那里出现的，将会是她的希望。

我也就在这沉甸甸的希望中，延喘，挣扎。多少次泪与泪的交碰，多少次灰心与丧气的折磨，多少次左手握右手温暖自己的虚幻，多少次来与去的重复，一切走到了希望破灭的日子。

是的，希望什么也没有。在经历了漫长而苦闷的三年后，我以九分之差，与大学失之交臂。那个分数，放在其他的省份或地区，上个一般大学不成问题，但我们生在黄冈，那里的分数奇高无比，命中注定，我们怀着希望的人，要成为沉默的大多数。

一个巨大的气球，破裂时的滋味，彻底冲淡了一家人的梦想。于是，大家沉默。沉默，在家中从此成为一种习惯。本来就沉默的父亲，坐在一边，开始以同情的目光，不时扫过我的身影；而母亲，想装出若无其事，她已经做不到了。多少句村里人讽刺的语言，在挑战着她的神经，"癞蛤蟆想吃天鹅肉，祖坟上想冒秀才烟，得了吧"，她终于忍不住，有一天跑到外婆的坟头上，哭了整整一个下午。

其实，那个下午，我一直在她身后跟着。我怕母亲想不开，乡下因想不开的妇女，许多人都一了百了，跳河死了。母亲没发现我，我

便躲在离她很远的草丛中，听她哭得撕心裂肺的声音，像一根根针一样扎着我的耳鼓。

没有我的大学，也就没有她的希望。

我决定去当兵。作为出了两百多个将军的黄安县，我们那里盛行当兵的传统与热潮。当兵可以改变命运。但是，当体检、政审等一切都已通过，我在一个夜里得到通知第二天将去领服装的时候，次日我兴冲冲到了乡里，突然又被告之去不了——因为我们大队包括我在内一共有两个通过的，而参军的名额只有一个。对方有一个亲戚在县里当某某局长，有关系，于是我被淘汰出局。

这个打击，让母亲终于在家再度大哭起来。她终于明白，这个世界的无情与无奈。

在她的哭声里，我决定出走。而且这个决定是那样斩钉截铁。

终于，在那年九月一个霏霏雨夜里，我真的悄然出走，而且几乎是永远地走了，我当时也没有想到有一天还会回来。为了一个梦，我得离开已没有了任何希望的故乡，去他乡寻找我自己的人生传奇。

第二天一早，当故乡的人们起来，没有发现我的身影时，我便从那个小村庄里销声匿迹。至今，我想起母亲，都在为这个夜晚愧疚不已。因为我的自私，因为我想到远方去寻找证明，这个夜晚变得如此羞愧。可是，不这样，我又能怎样呢？就待在家里，大眼瞪小眼，无限制地悲伤，无节制地自虐？

那个有雨的夜晚，显得那样漫长。我环视整个村庄，村庄在雨中沉沉地睡去。母亲绵长的爱，随着我的目光，掠过高山小河，掠过菜地田野，掠过乱石残垣，掠过无尽的岁月，最后掠过我的心头，只是一阵冰凉的风。

我决计走了，到他乡去寻找自己的梦。我知道，如果告诉母亲，她肯定放心不下，不会让我走。于是，我在半夜爬起来，在大家熟睡之后，背起自己过去写的诗和文稿，背着好友写给我的信，悄然出走了。在村头，在母亲曾经站立等我的地方，我甚至没有下跪，我知道一跪我便失却了前行勇气。我也没有回头，我知道回头便有无限的内疚与牵挂，会拉扯住我前行的脚步。

我不知道我走后的日子母亲是怎样度过的。反正就在那个无休无止的雨夜里，我就那样轻易挥别了故乡与村庄，轻易地留给了母亲一个巨大的旋涡与莫测。直到近五年后，我穿着一身军装，扛着军校的红牌子，从外地归来。

那五年里，我最初流浪了八个省，经历了万千磨难，最后到了新疆。我在那个陌生而广阔的地方，差点因疟疾死去。结果，命运就在那块陌生的土地上发生奇迹，我在好心人的帮助下，不但当了兵，而且在守了三年之久的风雪边防后，以高分考上了天津那所军校！边防三年一千多个日日夜夜，工作之余，我常常一个人在茫茫的雪野里奔跑，让无边无际的风，时常吹醒我的头脑，让我记得自己是谁，在干什么……

这些消息，当时我都没有告诉母亲。当兵，因为是异地入伍和其他种种原因，帮助我的领导——后来成为我最亲的亲人——不让讲；上军校，由于是淘汰制，我害怕自己被淘汰了，竹篮打水一场空，也不敢告诉家里。直到军校的第一个寒假，也就是我离家近五年之久后，我终于带着母亲当年坚守的那个希望与心愿，回家了。

是啊，回家了。那天也是夜里，天很冷。我回到家时，又是一个夜半。当我在空荡荡的夜里敲自己家的门时，我几乎没有勇气。我想象，我会怎样在母亲的面前跪着。

当门打开时，我看到，母亲站在那里，几乎不相信自己的眼睛，她想象不到，她的儿子，寄托了这个家族全部希望的儿子，居然这样活着回来了！

借着微弱的灯光，我看到母亲的头发白了一半，她瘦弱的身子站在门口直打哆嗦。我轻轻地喊了一声"大"。结果话音刚落，我看到，那个我生命中最重要的女人扑了上来，紧紧地搂着我，不停地捶打着我的背，吼出了一串更撕心裂肺的长哭……

那么多年，我在外受了那么多的苦，从来未曾哭过。仅在那时候，我才让自己的哭声高高地扬了起来，让整个沉睡的村庄，在我和母亲的哭声里，从此不这样昏沉沉地睡去；让整个村庄的人，都从夜梦中惊醒，互相传说着我归来的惊人消息——有多少人相信，那些年我在外头已经死了；有多少人曾说，我跟着外面的坏人学坏，走上了黑社会！而只有眼前这个我生命中最重要的女人相信，她的儿子，载满了她希望的儿子，会选择这样一个时机归来，只是这个可怜的女人，在她流尽了与熬干了所有的泪水之后，没想到这一天会来得这样漫长，这样快速……

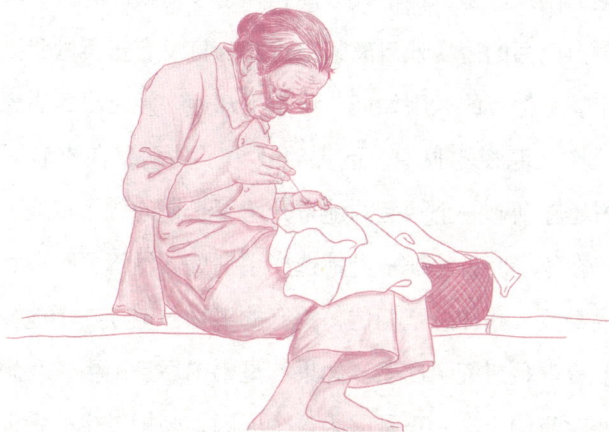

|愿亲爱的母亲能步入天堂|

母亲走了，她静静而又痛苦地走了。

得知她病重的消息时，那些日子我整夜整夜睡不着。许多的往事，跑回来敲我的门，好像要把逝去的日子找回来。但是，找回来的，只有眼泪，只有无穷无尽的伤痛与悲哀。

当眼泪终于掉下来的时刻，我一直觉得愧对母亲，特别是她在床上已不能起来的时候。我仿佛看到受了一辈子苦的她，总是那样无声而又孤单地独对命运。命运没给她一个公平的回复，因此她的一生就那样拥抱了所有的伤痛。

我最为内疚的是，在很久以前，在走投无路的时候，满怀了抱负的我背着自己写的诗囊独自离家出走，一直没有告诉她我到了哪里。整整五年啊，他乡的风雨如何，母亲不知道。她无尽的思念在大山里留给了一个人深夜的眼泪。而那时我为了功名，在流浪了半个中国之后，方始在新疆一个陌生的地方开始了长期的孤军奋战。为了证明自己，我在年轻时就那样轻易地选择了别离。尽管那时没有一丝阳光撒在我的身上，我却总是相信，美好的事物一定存在于他乡。对于母亲，我的爱就是想证明自己。如果不是弟弟后来出事，我想母亲也许会少了些对我的思念，正是因为这个原因，她把一生的希望全寄托在我的身上。而当她终于病倒的时刻，我看着瘦下去的已在床上躺了半年天天吃药打针的她，眼睁睁地看着生命渐渐衰微下去却无能为力。

十年之后，终于在外寻了一席之地的我从北京回去看她时，母亲已经躺在床上。那时她已不再像往日那样对我谈起往事与家常，她呆呆地坐在床头上。身子瘦得只剩下骨头。有时她拉着我的手，却什么也不说，有时她只是呆呆地看我一眼，迅速地把眼帘低下去。从母亲的眼里，我知道她不想死，我们也不愿她死，但命运就这样落在了她的头上，仿佛她要把家里的一切苦难一个人全部承受下来。也许生活无所谓公与不公，我不明白，善良而又富有智慧的她，在有条不紊地安顿了我们家庭生活的同时，为什么上帝就不给她一个平安的机会。从她的身上，从我的身上，从我弟弟与姐姐及父亲等家人的身上，一夜之间我仿佛读懂了命运。我晓得了命运就是这样的一种东西，它完全没有道理，完全没有章法，完全没有原则，随随便便地安排了生活的一切。记忆之门訇然洞开，我于是想起了小时候，每天夜里醒来，母亲还在纳鞋底，还在哼着赶走瞌睡的小曲，更多的是三更半夜中，被她凄苦的哭声惊醒。那时候，虽然我还小，却明白了生活中有许许多多不可测的东西在左右着我们，在安排着一切。有些人一辈子一帆风顺，衣食无忧；而有的人，从生时起便注定了受苦受难，注定了悲悲戚戚。于母亲一生而言，沉重的劳作压在了她的身上，所有的困难，所有的悲哀，都是她一个人默默地忍受。如果没有她，我相信我们的家庭早就会沉入水底，我相信我们的命运也会像大多数人那样，永远生活在困苦之中而无声无息。虽然家里穷，母亲却说："伢呀，穷人不识字好伤心，一定要读书！"于是即使没有钱，即使母亲很爱面子，她也硬着头皮把我送到学校里去，对着老师说一声"对不起"，说能不能让娃先把书读着，学费有了马上送还。母亲领着我上学的情形，至今仍是我梦醒后落泪的原因之一。

在我的记忆中，母亲从来不欠别人的人情，因此后来这些东西也传到了我们的身上，使我们长大后学会了坚韧，学会了忍耐，学会了吃亏，学会了脚踏实地。我最对不住母亲的是，在她还健康的时候，我从来没有想到过当年落榜对她的打击。在我离家出走的日子里，我听说下着那么大的雨，她跑到外面的山沟里捡树上散落的木籽卖。为了获得

区区的几块钱，她常常被淋得全身湿透。而我弟弟出事的时候，我考上了军校，却由于怕淘汰没有告诉她，那时我们都音讯全无，她只有天天跑到山沟里哭。父亲一辈子老实巴交，因此所有的委屈与无奈，都在那哭声中严重地伤害了她的身心。那时，她在村子里低着头走路，倔强地支撑着，在困难与困境面前，却又显得那样坚强。后来，随着我们的奋斗，随着我在城里安家，母亲从来没有向我提出过什么要求，从来没有主动向我伸手，从来不说家中的困难，从来不说那些怕我们在外担心的事。每次我给家里钱时，母亲总是显出愧疚的样子，好像为拖了我的后腿而感到不安。每每讲起过去时，母亲总认为没有帮过我什么，让我在外吃苦受难而一脸愧疚之色。其实如果没有母亲的支持，我肯定读不了书，读不了书，肯定也不会改变命运。而在那时失学严重的乡下，即使母亲不让我读书，我们也不能责怪她什么。因为整个故乡都是那样，一代又一代读不起书的比比皆是，至今如此，把我撒在故乡的人们中间，可以说是毫不起眼。乡下人的命运是我们共同的命运，除了自我奋斗，除了个人的努力，我们很难摆脱现实的命运，很难走入苦难的樊篱。现在，每当无数的兄弟姐妹在过了春节跑到外面打工时，我在对他们怀有深深的同情的时候，就对母亲当初没有钱也送我去读书而怀了一种深深的感激。无论我在学校的考试曾多么令她失望，她却从来没有埋怨过我。她相信命运，苦难的生活在没有希望时她变得越来越相信命运，因此，当我在一次又一次让她失望的时候，她总是鼓励我，不要怕失败，实在不行了就回来种田。"多少人在种田啊！你要是不行了就回来！"母亲每次这样说，她越这样说我便越是惭愧，因此也更加努力。在我没有考上的时候，哪怕她打我一个耳光我也会好受些，但反过来她总是安慰我。

在我后来每次回故乡的时候，母亲总是这样对我说："身稳嘴稳，到处好安身。"我觉得母亲普普通通的一句话，胜过了书本上的千言万语。她的一生不贪不占，不说人家的坏话，不传闲话，这对我的成长起着重要的作用。后来，我在外面之所以能拥有那么多的朋友，就是记住了母亲的话，要与人为善，要乐于助人，要勇于吃亏。我感谢我的母亲，如果不是她，也许至今我仍然待在乡下，是一个不懂世事的乡间孩子。即使我已三十多岁，可每次回来，母亲总是不放心这叮嘱那叮咛，总是这不放心那不放心。我说我已是大人了，也是有孩子的人了。母亲说，再大在她跟前也是孩子。母亲一说我的泪便流了下来，为了我们，为了这个家，她在养大并培养了我们的时候，自己却瘦了下来，老了下去，病了下去。我知道无论多少金钱，再也挽不回她的生命；我知道再多的忏悔，也得不到她的只言片语。母亲啊，请你原谅我吧，原谅你的孩子们，在你最需要安慰的时候，都不在你的身边；在你最想看到的时候，一个个都为了生活而选择了逃离故乡。可那时候，我们那么多的内疚，再也挽不回她的健康；我们那么多想对她说的话，再也说不出口。

啊，母亲，在我的记忆中，只有你来到了北京，看到了我的生活时，你好像才露出了笑脸，只有你看到别人都生活得特别好的时候，你才露出了羡慕。在那种情况下，当医院确诊你得的是肝硬化腹水不能再抽烟时，你坚决戒住了四十多年的吸烟习惯，你说你想活下去，要帮我们带孙子，要为我们再送上一程。当你住在中国最好的医院时，你总是说，给我们拖后腿了。你的一辈子总是不求回报，却将生命如此慷慨地全付给了我们，给了老实巴交、不善言辞的父亲，给了真正帮你分忧、忍辱负重的姐姐，给了读了一年又一年苦书的我，给了还不懂事但吃了不少苦头的弟弟。无论我们做错了事，还是说错了话，你从来没有打我们，总是那样在教育我们的同时，要我们学会自强自立，学会忍耐和让步。即使你从来没有说过要如何淡泊名利，但我觉得你比那些我认识的哲学家和道学家更为深刻。因为我从小到大，目睹了你是如何带着我们，带着这个家，从绝望走向希望，从无助走出低谷，从困苦走向幸福。记得小时，每到过年你便对我们说

"伢呀，来年会好起来"，我知道你那时已经足够努力了，但你总是把这些本来是我们应该惭愧的东西揽到了自己的肩上。你从来不把过错推向我们。

　　更让我感动的是，你用自己的一生印证了什么是伟大的爱情。在你与父亲相亲的时候，父亲的家族还顶着富农的成分。可你还是嫁给了他，并且关心和爱护着他。父亲一辈子是个老实的农民，从来不敢出头不敢稍有闪失，不能直起腰来做人。而我听说，那时只要有谁欺侮了他，你便变得特别坚强，非要跑到人家那里去论理不可。可天下的理，哪里有属于穷人的时候呢？你们也因此吃了一辈子的哑巴亏，你把这一切全装在了心里，却在灯下给我们讲做人的道理。你说："伢呀伢，让着别人一些啊，你们能活下来，能有今天不容易。"每次听到这些话时我都想哭。可你对父亲却从来不曾亏待，在我的记忆中你们从来不曾吵架，不曾动手，不曾红过脸。我记得小的时候，每天早上父亲在外面劳动时，你总是煮了鸡蛋，送到田头地里，父亲说你不要这样时，你还是坚持，你对我们说："家里的顶梁柱不能倒了，倒了一家人怎么办呢？"尽管家里全靠你在支撑，可你总是那样维护父亲，维护着他一个男人的全部尊严。在小时家里粮食不够吃的时候，你对我们说："先让你爸吃吧，他要干活。"然后你再让我们吃，有时不够，你自己就不吃，但你对我们说你先吃了。母亲，到底是什么样的生活，使你在苦难中养成了这样伟大的心灵？后来有次我问你，为什么对父亲一直这样好，你说："人踩人，踩死人；人扶人，人上人。"就是因为这个，你嫁给了一贫如洗的父亲，没有听信别人让你与他离婚的劝告。那时候，有好心人对你说："伢啊伢，在这个家里什么时候能够苦穿头啊。"但你拒绝了他们的好意，你不信看不穿头，你不信命运就会永远让这个家族衰落下去，你说你要看到来日，你说你不信天地没有良心。后来，你终于看到了，但在你看到时，你的身体却渐渐地不行了。为不拉扯我们的精力，你没有告诉我们，你从来就是这样，把一切的苦难放在了心中不说，总是忍耐着。有人说，你一生受了几生的罪，受了几生的气。但无论是怎样的罪与气，你却总是笑着要我们努力，你从我们很小时就要我们学会勤快，学会劳动，不但给了我们健康的体魄，而且还给了我们立足生存的道理——那就是到了哪里无论做什么都是不能偷懒的。正是因为这个，我觉得你虽然没有给我们讲什么做人的大道理，但你的一言一行，却已胜过了万语千言，像刀一般地在我们的心头上刻着。我们后来在外面做事，一直记得这些永远也不会忘掉的教诲，永远安分守己地做人，永远忠厚本分。

我还记得在北京，当我和妻子以及弟弟带着你四处游玩时，你好奇地问这问那时的情景，那时你就像一个孩子。那时候，我觉得你如果生在城市，一定是个能人。只是命运就是这样无情，它在你最困难的时候，把更多的困难留给你；在你最需要亲人的时候，让你的亲人在远方奋斗；在你最需要健康的时候，病魔却缠住了你。我依然记得，小时候你对我说："人生八字八个米，走遍天下不瞒身"，太多的困难与孤苦使你相信了命运。在你病重时，我们都很伤心，可你说，这是命。你以此来减轻我们的心中的负疚，却不知我们看着你，是多么难受啊。为什么，幸福总是不降临在穷人的身上？——我后来在城市里一次又一次地想这个问题，但最终我明白，幸福只是一种感觉。我也因此而明白，你为什么在我们小时就一直教育着我们要好好读书，要我们学知识，你就是不想让我们落得像你们那样的命运。

于是，我怎么也忘不了我在离家近五年之久的时候，在考上了军校回来的那个夜里。那天一大屋子的人在家里等着，当我走进家门时，你突然冲上来抱着我便哭了。我走时你的头上还是青丝，可我回来时你的头上已长满了白发，那时尽管我在外学会了坚强，学会了在人穷志短时怎样的生活，但那天我还是忍不住号啕大哭，我看着瘦弱的你，与可怜的父亲和已是大龄却还守在你们身边没有出嫁的姐姐，

是怎样支撑起了这个家，是怎样在痛苦中思念着我们，是怎样在人前人后出入于乡村之间。那时我便感到了深深的内疚，我知道一生再也没有什么东西能够挽回这种内疚，母亲啊，我们——你的孩子，的确有太多对不住你的时候。请原谅你不懂事的孩子吧。为了到远方寻找证明，为了让你能够在乡间抬起头来，我就那样轻易地选择了别离，在离开家乡的那个雨夜里竟然没有告诉你一声。我不知那些日子你是怎样度过的，但回到家里我却看到了空空的四壁，看到了家里空空荡荡，一无所有，看不到弟弟的身影；我还看到了几年前我离开家时写的那些愤世嫉俗的条幅与毛笔字，仍在墙上歪歪斜斜地挂着，像是要把我扯回那些痛苦的过去。当时我站在屋子里，眼泪再也忍不住哗哗地流了下来。出门在外那么多年，我受了委屈没哭，因为我想到了自己是一个农民的孩子，应该忍受那些伤痛；我受了冷眼没哭，因为我知道自己来自乡间，是不能与别人相提并论的；我受了再大的不公平没哭，因为我知道我们不是来自豪门望族，我们是头顶草屑的孩子，是打着赤脚在乡间行走的穷人，我一直忍耐，像你那样忍耐。可那天夜里，当我费了九牛二虎之力回来，在你抱着我的那一刻，我却像个孩子似的哭了。只有在你的身边，我才知道自己是个孩子，才会受到欢迎，才会得到真正的爱护。抚摸着你那瘦下去的手，我才知道我当初离家出走时没有告诉你是一个多么大的错误。我只想到了穷人的孩子要到外面的世界去靠自己的力量混个前途，我却没有想到那些日子会给你心灵上留下巨大的伤痛，没有想到我的出走和家庭的变故会使你的身体受到那么大的伤害。原谅我吧，母亲，原谅我们这些不孝的孩子。在你的有生之年，我们曾尽量想为你做些什么，但更多的时候，我们无能为力，无力回天。如果世界真的还有轮回，真的还有来生，我希望再做一次你的儿子，把我们欠你的东西，全部补偿回来；把你受过的全部苦难，再还一次你一帆风顺的幸福。

　　听到你再次生病的消息后，我回去时你对我说："我死时你一定要回来，你回来了我便感到了依靠。"听到你说的这些话时，我心里特别难受。多少年来，我成了家庭的希望，成了你们的主心骨，而我自知能力太小，自知自己的力量还不足以让整个家庭可以站起来，所以一直为此而感到愧疚。也因为此，在外面，我像你那样的忍耐，把多少心头的事，全放在了肚子里烂掉。我知道，无论外面的天空下着怎样的雨，作为没有后台与背景的我们，只有自己撑起天空，自己打一把伞来遮风挡雨。如果没有伞，就用一些花草与树叶来编织一个美丽的圈套在头上。我们来自乡间，来自一座大山，一座没有任何依靠的大山故里，命运也就注定了要比别人付出更多的伤痛。但无论怎样，我们学会了你的坚韧，学会了你的刚毅，学会了你的坚强，学会了你的做人，学会了如何偷偷地把眼泪擦去，把微笑的脸露出来。母亲，没有你，就没有我们的今天，无论我们情况怎样，我多么希望，即使你病了，也希望你活上千年万年。但命运，就这样把人的一生划定，苍天浩浩，世事哀哀，人海茫茫，又有谁知道你心中的悲痛，又有谁能够走入你的内心，给你冰凉的心一点温热？而我，你不孝的儿子，也只有在远方，祝你一切平安，早点好起来。唯一让我感到欣慰的是，你的孩子，姐姐、我、弟弟以及姐夫与弟媳，都曾在你生命的晚年，竭尽了全力，给了你爱与关怀。虽然我们对你的爱与你对我们的爱比起来，是那样微不足道，但我仍然希望，当有一天，你一个人独行在另外一个世界的时候，还能感受到我们在你身边，永远做你孝顺的儿女！我真的希望如果还有来生，再做一次你的儿女，让你能够真正地得到一生的幸福！

只是命运，再也没有给你这个机会，只是上天，是如此不公，不能善待一个善良的生命。为此，我们心中只有无限的悲痛，来送你远行，当你在告别这个让你受了一生凄苦的世界的时候，亲爱的母亲，我们希望，你在另一个世界里，能够不再像今生这样受苦受难，而是能够步入天堂，过着幸福与安宁的日子，在天堂中，能够给你一个另

外崭新的人生。那里的生活，不再与这些悲伤与苦难的东西相伴，而是像你年轻时那样，能够自由的歌唱，幸福的歌唱，过上美好生活！你原谅我们——没有给你带来生命的福音，你却为了我们和父亲，让你受了那么多非人的日子。你安静地走吧，母亲，我们会永远像你那样自尊自立、自珍自重、本本分分、勤勤劳劳地做人，不会再辜负你对我们的期望；我们也会永远把你记住，记住在我们家庭，还有你这样一个虽然没有读过书却知大义、识大理的妇女，让我们的后代受到了良好的教育并通过你的汗水与泪水改变了命运！

我们感谢你，母亲！

我们爱你，虽然你已经听不到了……我们真的希望，如果另一个世界真有天堂，那么在这个世界受了一生苦的你，能在天堂里感受到我们的爱与遥想。

安息吧，母亲！你的血液还存在于我们的体内，你也就有了永恒的今世。

阴天细雨别母亲

母亲最终还是走了。走的时候她还不满六十岁。我亲眼见证了亲人的死亡，她在痛苦中慢慢地哀号与衰竭，在病亡前的一个星期里，她先是失眠，眼睛睁不开，接着口不能说话，只打手势，最后她几乎不能动了，丧失了听力。整整五个月，到了那一天夜里，她将离开这个让她痛苦了一生的世界时，她特别想睁开眼睛，在急剧的抽搐与抖动之后，终于没有把眼睛睁开，就去了。与她在病魔斗争的过程中相比，母亲走的那一刻，看上去挺安详。而五个月中，母亲每天要忍受腹胀带来的痛苦，要忍受医生每天的注射，那时她的话里词间，透露出多么想继续活下去的愿望啊。

但是我们知道，她的病是治不好的。我们谁也不敢问她关于死亡的问题和要留言的问题，我们总是避开那些生僻的字眼。一直到最后两个星期，母亲才知道，她的病真的无可救治了，于是她开始拒绝打针，拒绝吃药。我几次回去，母亲只是哭。后来，她不哭了。她也不与我们说话，不再像往日那样与我们拉家常，一直到最终离别的那个晚上，母亲完全不能说话的时候，她没有告诉我们什么。而在此之前，她的愿望是要我照顾好弟弟的孩子，照顾好父亲。母亲谈起父亲时，尽管她说不清楚，但是对父亲的不放心是一眼可见的。父亲是个老实人，不善言辞，母亲怕他受屈。所以，她一直等我回来，要交代这个问题。母亲爱弟弟的孩子，那是一个乖孩子，母亲不放心弟弟，所以把孩子的手摸着交在我的手里，一直到我点头时，她才松开手。我的泪水便流下来了。那一刻，我才知道，男人的哭是需要力量的。正如母亲走了之后，每当看到父亲哭时，我的泪水便毫不犹豫地流了下来。

母亲还有一个没有说出的心愿便是想看看我的儿子。那时我的儿子在山西，他还不到半岁。湖北老家那时的天气太热，我儿子从出生时起便老是得病，因此儿子在山西没有回来。我带回了我儿子与妻子的照片，听我姐姐说，母亲在眼睛还能看时，她让我姐姐打着手电筒，把镜框里所有的相片看了个够。那时她不能说话，但每指到一张相片，就要用那瘦得只剩下骨头的手抚摸半天。姐姐说，她看到母亲的泪水从眼里溢出来。但姐姐不敢哭。

直到今天，我还为此事内疚。没有从山西带回儿子的原因是多方面的，但无论什么原因，我为没有了却母亲这个心愿而感到愧疚。

　　我目睹了母亲在告别这个世界时的最后一夜。那一夜的场景于我一生难忘。我们不知道母亲会在那个夜里要告别我们，但是那个夜里她还是走了。当我最后一个迈进门时，我喊了她一声，不到两分钟的时间她便走了。那一刻，我没有哭，我不相信她就会这样走了。在此之前，我总是盼望着奇迹发生，但它最终没有发生。我看到母亲永远地闭上了眼睛，停止了呼吸。我只是喊了一声，她没有答应便离开了我们。那一瞬，从来不言不语的父亲说了一句让我永生难忘的话。他说：一生不就是这样？辛辛苦苦的就这样了。

　　父亲的话充满了玄机与哲理。但是，我还是不相信母亲就那样走了。直到今天我还不相信。直到我后来亲手埋葬了母亲我还是不相信。我总认为母亲坐在某个角落里，或叹息，或在看着我们。我还希望能够梦见母亲，但是她不肯再像往日活着时那样走入我的梦里。我只是迷迷糊糊地做着一切，那些后事烦琐。乡间对于死者后事的过程是隆重的，这使我怀疑起生命的意义。轻生重死，薄生厚死，其实是做给活人看的。无论如何，我只是反省我自己，只是无限地回想母亲活着时，我是否在哪些方面留有遗憾。后来，每想到一桩桩小事，这种遗憾便无处不在，这种自责便无孔不入。也只有在那时候，我多么希望母亲能够再重新活一次，再给我们一次机会，让我们这些做孩子的，能够更好地侍候她。

　　但母亲终究是走了。没有一句留言，她的一生便埋葬在故乡的黄沙之下。我亲自帮忙挖的坟墓，亲眼见到盛载她的棺材入土，那时流水滔滔而下。我看到那么多的人哭着，诉说着母亲生前的种种好处，我的心便如刀割。回过头来，我便想起生命的意义，想起一个人活着一生的意义。如果说别人的死亡只给我关于死亡的启示，而母亲的病逝则给了我另一层关于生和生命的认识。我们那样热衷的东西，我们那样忽视的东西，到底哪一些于人而言是个终极？

　　按老家的规矩，但凡亡灵得三天出殡。在母亲离世之前，故乡湖北老家多天来一直热得出奇，但在母亲病故的第二天，天空开始下雨——故乡那时好久没有下雨了。我想，母亲的死，难道感化了上天？上苍既然在她一生中给了她苦难与不公，何必又要在她死后才给她安慰？更让我的奇怪的是，那三天之中，故乡变得凉了起来，天气一点也不热，而在此之前与在此之后，天气热得只要人一动，汗便下滚。送葬的人都说，母亲生前贤惠，死后亦是如斯。到了第四天，母亲已入土为安之后，天气突然又放了晴来，气温又让人受不了。

我走的那天早上又到母亲的坟前看了她。那时整个故乡非常安静，整个大山无声无息。我按故乡的规矩在母亲的坟前烧了些火纸，那是一种信道教的乡人印制的纸，按乡间的说法是洋钱，而一般的火纸只是普通的纸币。母亲生前说，不要烧太多一般的冥币，她背不动。于是我便让父亲又去买了些"网丝钱"，也即在阴间所用的洋钱。尽管我并不特别的迷信，但我知道母亲生前迷信，她既然迷信这个，我肯定要满足她的愿望。那是一个特别安静的早晨，无风无雨，四野的绿色笼罩着整个山谷。母亲的新坟在那里静静地安卧，几个花圈纹丝不动，我企图在哪个地方看到母亲的亡灵顿现，但是，母亲没有给我任何的暗示。故乡的天空看上去有些阴沉，没有任何的植物与动物抑或人类给我任何的暗示，我于是想到，人这一生，死了便是死了，死了一了百了，不复存了。因此活着的时候，我们还得努力。当然，不再是徒然的努力。

于是在转过身的时刻，看到苍老的父亲坐在坟旁不发一语，我的泪水又要奔涌。但是我只是使劲地挤了挤眼睛，尽力不让泪水流下来，并且在母亲的坟头跪了下去，重重地嗑了几个响头。

我说，安息吧，母亲。

那一瞬，我感觉到漫山遍野的花草树木都在流血。

|在父亲的田岸上行走|

　　我曾好多次仰望那岸，那是彼岸。彼岸的灯火葱郁，风景也很迷人。我曾多次追寻过彼岸，可等我到了那儿却发现，还有更远的彼岸在远方。许多年前，我挣脱了父亲的巨掌从故乡里走出，很少再回到生我养我的那个地方去了。那个地方的人，好像注定要在我的记忆里陌生下去。这一点很有些让我悲哀。因为，我们有太多的彼岸要走，这便注定了我们在不停地忘记现在。现在的一切，只是旅程中一个暂时，直到最后我们都要回归于泥土。泥土永远是新鲜的，它会默默地接纳我们回来。年轻的时候，我们选择了逃离那块熟悉的土地，可到了年老，无论是千辛万苦，我们却又要找回来。

　　我第一次离开家乡的时候，是一个灰雾蒙蒙的早晨，没有任何人知道我要从那个山村里出走。我也不知道自己为什么要出走，也许，是想改变命运，也许，是为了逃避生活的沉重。那一走便是多年过去了，我九死一生回到故乡时，已不再是当初的那个少年。少年那鲜花般的日子，早已成为往事。而往事里，只有记忆的伤痛。与我同行的人们奔向城市，而我奔向远方。远方是一个未知的世界，我们总是试图在他乡的土地上，来改变自己的命运，培育出自己的花一般的前途。一些人跑到我们的土地上来寻找命运的归路，而我们又在他们的土地上去寻找人生的证明。他乡即是故乡，故乡也即他乡。我简直不该把自己的籍贯，只写上父亲生我的那个地方。那个地方没有给我生活任何的温暖。这使我在很久以后回去时想起来便有些痛苦，特别是看到父母的头上，已经有了白发。我仿佛感觉到风吹起它们时，像是针尖一样刺在我的心上，让我为之心痛。当故乡的树木，又转了几个年轮，生活的枝枝杈杈，开始在记忆里复活，我看到，儿时认识的那些人，死的早已死了，而生的却一个个变老。他们相信神话，总是试图把我当作故乡的一个传奇人物，他们试图把我当作一个长大的男子汉。我却在他们疑惑的目光中躲避，因为，我是一个叛逆者，在逃出了那儿之后，我就没有想再回去过，老实说，再看故乡时，我已有了悲天悯人的心情。故乡那些熟识的或不熟识的人们，都是我心底里同情的对象。我悲哀的是我根本不能够带给他们什么，也根本不能改变他们的命运。那是长长的岁月里，我一直不敢回故乡的主要原因。从我那一代起，我的后人们，便注定了要在城里讨生活。生活给了我们长长的注脚，那是故乡永远的炊烟，也是故乡永远隔不断的香火。只要有男孩出生，他们才认为达到了传宗接代的目的而停止没有休止的生育。

有一天傍晚我站在我家的老屋前，老屋在沉睡——那是我祖上留给我父亲的证物。祖上一辈子的努力，就是把这间屋子留给了生我的那个男人。从我很小的时候起，我便在他的呵斥与拳头下长大。我叛逆的性格就是在他以古老的方式教育我时产生的，谁叫他是我父亲呢？我小时候可能恨透了他，少年时四处躲避着他，青年时离开了他，但到我真正长大了之后，我又爱上并崇拜着我的父亲了。他一辈子朴实无华，一辈子不巧取豪夺，一辈子无任何个人的目的和阴谋诡计。他生活得穷困，但也生活得实在，他生活得艰难，但也生活得快乐。他不怕鬼神，也不惧生活的艰苦。同样，他遵纪守法，一生没有犯过任何的错误。而我们，早已不走他的路了，我们习惯于生活在针尖之上，常常爱走生活的钢丝，我们冒着父亲一辈子也没有冒过的险，去寻找我们的道路，但得到的并不比父亲得到的更多。

同样，父亲也在他的有生之年，给我们这一代留下了房屋。可遗憾的是，我们不再回去住了。那些屋子，只成了他生活中一种沉重

的失落。他的儿子们，都逃离了他为他们建造的房子。他们有自己另外的生活。那种生活，常常使他迷惑。于是，闲了的父亲，只是搬了一张黑色的靠椅，坐在他费了九牛二虎之力为孩子们建造起来的房子前晒太阳。他不说话，也不歌唱，不满脸阴沉，也不怨天尤人，而是眼中透出对命运无常的寂寞。那是我很久以后才读懂的寂寞。有些道理，他是一辈子也不会懂得的，比如人吃饱了之后，为什么还会逃离这块祖祖辈辈生活的土地？到了他乡，你还不得同样的穿衣吃饭？生儿育女？父亲抱着这个问题沉思，他看着天空，天空的云彩阵阵，但没有答案。于是父亲在那间老屋里寂寞地入睡。这样的日子天天如是，一天接着一天，直到他的背永远地驼下去；直到他的土地，又开始生长着五谷，滋润着牛羊为止。他一直是一个寂寞的男人。一个经历了人间至痛的男人。

所以，我回去的时候，总是试图与父亲交朋友。但是父亲却更喜欢让我看他种出的五谷。他总是拉着我，到他的土地边上去，看庄稼的长势。只要那些禾苗在随风飘舞，父亲的脸上便洋溢着非常的喜悦。他其实并不在乎他辛辛苦苦种出的庄稼最终是为别人而忙，但他却始终相信那块土地上能长出希望。那种希望常常把我这个男子汉击垮，在此之前，我总以为自己早就超过了他。但他的信念和心情，却是我永远也达不到的彼岸。彼岸是父亲的精神家园。那是我能理解却永远达不到的家园。我只是站在父亲的岸上，看他在田地里插秧、播种、耕耘和收获；看他的汗水从脖子里流下，最后浸入他的土地里；看他看天时那种高兴或者无可奈何的心情……

那是时光之岸，也是理想之岸，我只是在他的岸上游走。因为有了父亲的家园，我走得再远，体内流的，也是他的血液；我飞得再高，站的起点，还是他的肩膀。他是唯一的一个让我嫉妒的男人。因为他没有太多的烦恼，也没有太多的欲望。无论我们走得多远，偶尔想起他来，心灵还是为之一震，他已把你网在思念之中了。那是一张爱的大网，也是一张精神之网，因为有了它，我们学会了在痛苦或悲伤之时不至于迷失，在打击或挫折之时不至于倒下。于是，随着年龄的继续增长，我再回故乡去看父亲时，尽管他的背越来越佝偻，可是他也分明越来越高大起来了。那时我站在彼岸上想，人类把所有的爱都献给了伟大的母亲，好像父亲作为一个男子汉受苦受难是天经地义，但是，没有人想到，父亲也是一个男人。他内心也有脆弱的时候，也有低潮的时刻，他的孤苦、悲伤、爱憎和欢乐，都只是像田地里的庄稼，在寂寞地生长着。而他收获的，却是整个人类赖以生存的基础。那时我便站在父亲的彼岸上畅想联翩，有时，我真愿天下的父亲都将是一只自由自在的飞鸟，当他们掠过我们仰视才见的天空时，我要听他们永远微笑着的歌唱。

|宁静的夜里我们想些什么|

父亲到城里来了，和新疆的舅舅舅妈。他们住在北京的郊区。那天夜里，我开车一路穿过灯光，最后穿过漫长的黑暗，抵达时他们正准备休息。看到我来，我们一起坐着聊天。关于鄂东红安的乡下，关于新疆的往事，关于熟悉的人等。我们聊得格外投入。以至于水壶里的水换了一次又一次。

后来，他们终于累了。大家准备睡觉。我对父亲说，我们睡在一起吧。

父亲有些犹豫。

我与父亲有多久没有睡在一起了？长大之后，自我离家出走至今二十余年，与我们同居一室的同学、战友和朋友不计其数。我们甚至记不住在人生的旅途，曾在哪里与朋友相遇，然后分开。而曾经无比熟悉的父亲，因为时空阻隔，我在逃离他的拳头之时，已陌生了他的体温与呼吸。

后来，他答应了。他有些紧张，跟着我上楼梯。

此时夜已深沉。我与父亲躺在一张床上。父亲年近七十，我逼近四十岁。

父亲开始说话，有些结巴。仿佛往事突然打了结，让他表达起来不太流畅。他像个小老头，躺在床上甚至不敢翻身。

我便找过去的旧事，旧事中的人与物，在遗忘了许多年后，突然变得生动与鲜活起来。话的匣子一打开，我发现自己其实与父亲有着许多共同的语言。

父亲谈起当年我出走时，回头对母亲说过的话。父亲说，从我离家出走，到日后归来，每当我匆匆回家并匆匆离开时，总是对送了一路的母亲说：大，我走了，你回吧。

父亲说，每次我都是这样几句话。母亲的泪流下来，打湿了故乡那条弯弯的小路。

父亲说，每次，他都站在我们身边，看我与母亲说话。他说我很少与他说话。但是，每次他的眼泪也是直直地流下来。他意识到，他过去经常揍的那个孩子，已经永远走出了他的视线。好像属于他，又好像不属于他。

父亲说话唠唠叨叨。

往事像窗外偶尔掠过的风，伸了一头，便又溜走了。直到夜色变成漆黑一团。

最后，我与父亲都累了。我工作很忙，几乎天天加班加点；而父亲在乡下的生活习惯，是每天晚上八点多就要睡觉的。他一辈子遵从于自己的习惯，因为第二天还要下田地劳作。那一晚，我们却破天荒聊到凌晨两点钟。聊到父亲的确累了，打着呵欠。我说，你睡吧。他说，不睡不行了……

我们便睡。父亲很快先睡着了。我睡不着，还在想一些郁结心头多年的往事。父亲的话，把我带回童年的寂寞，带回少年的辛酸，带回青年时的苦闷。而母亲，曾是这一切事物的真实见证。她熟知每一个细节，并把深深的叹息留在故乡的那边，直到我出走，直到我归来，直到子欲养而亲不待……

接着，我便也开始迷迷糊糊。只要双眼合上，我便做梦。那夜的梦也是乱七八糟的。见到了旷野，很大，很寂寞，很迷茫，很孤单……直到父亲的鼾声将我打醒。那时，偌大的屋子透过头顶的窗棂，月光直射。我甚至可以看到头顶星光移动，但周围静寂一团。有虫子在叫，像乡下。

北京郊区的夜格外宁静。

在父亲的鼾声中，虽未入梦，母亲却从记忆深处直接走来，从另一个世界步入永远的记忆。我顿时感到宿命的轮回，在这个苍凉的夜里便有了另外一重意义。人啊，活着的仍就这样马马虎虎地活着，不知到底追求和在乎什么，而故去的人，却已永远故去，永远化作了关山千里外的沉默。活着的我们，每一天仍如许匆匆忙忙，寻寻觅觅，但灵魂的深处，这个夜却让我仿佛淡然于生命的安排：世上的生生死死，爱爱恨恨，一切都必须是顺其自然的，都有因有果，有血有肉，有缘有分。

父亲的鼾声很大。我也在这鼾声中，从黑到白，见证与拥抱了满屋的天明。

|父亲的挑担|

父亲的那根挑担很旧了。

小时候，父亲就是用这根挑担，挑着我和姐姐，走在乡间的小路上。我们在父亲的挑担下慢慢长大，直到能够下地独立行走。

父亲的挑担更多的时候是用来挑柴挑谷的。挑谷，是为公家干活。挑柴，除了自家烧火煮饭用，更多的是为了把柴担到外面的集市上卖，以换得家里的油盐钱。我们上学后，父亲就是靠着那根挑担，从老远老远的山上砍柴，然后挑下来卖，为我们挣学费。父亲说："我没本事，没别的挣钱法，就靠这双手、这副脚板和双肩了。"

父亲说这话时好像很惭愧。因此他又说："我最大的希望，便是你们长大后有出息，让我脸上有点光。"

父亲不识字，在我们一天天地认得更多的字后，父亲的背渐渐地驼了。那根挑担，一天天地磨得油光发亮。有天放学时，我突然注意到了父亲的手。那双手，粗大，开裂，一条条深陷下去的口子，稍稍用力便会流血，看上去就像故乡山梁上的一道道小沟。有次我为父亲倒洗脚水时，又看到了父亲的脚。他的脚掌同样有着厚厚的一层老茧，同样是裂纹密布。我看后心里格外难受。父亲摸着我头说："好好读书吧，不要过我这样的日子。"

老实说，我的学习成绩很好。我们那时上学要自己担柴交给学校，父亲便挑着柴，在冬天的路上陪着我走，走一路说一路。他总是说日子如何如何的艰难，没文化怎样怎样的受气。

从小学到高中，我们换了一个又一个学校，父亲的挑担也挑了一个又一个地方。那根挑担，也渐渐地像他的手一样，开了裂。可父亲还是喜欢用它。

父亲对我满怀了希望。我也对自己充满了希望，我们都相信美好的生活并不只是为有钱人准备的。但高考那年，我却意外地落榜了。揭榜的那天我从学校回去时，看到父亲挑了一担两百斤重的干柴从山上走下来。看到我的脸色，他仿佛明白了什么，脚一歪，那担柴再怎么也挑不动了。那天夜里，父亲一句话也不说。

第二天，他把那根挑担放在了我的肩上说："孩子，认命吧。"

我跟着父亲上了山，砍了整整一个月的柴。蜂叮，蛇咬，刺扎，虫爬……头昏，眼花，腰酸，背痛……那一个月里，我读懂了父亲几十年来的艰难岁月。

一个月后，我瞒着故乡所有的人，悄然走了。武汉，北京，新疆，西藏，天津……这一走便是漫长的五年。五年后的一个冬天，我别着军校学员的牌牌，穿着军装出现在老家时，我母亲搂着我哭得昏了过去。

而我父亲，已瘦削得像一个老头，腰也弯了，背也驼了，看着我，他的眼里挤出了两颗沉沉的、大大的泪珠。

至于那根挑担，父亲早就不能再挑了。它搁在杂物堆里，两头的尖端都生了锈，周身布满了灰尘。我弟弟想把它烧了，我说："还是留着吧。"我弟弟不解地望着我，我便转过身去，悄悄地抹了一把眼泪。我们可能都不曾想到，一根普通的挑担，竟然还会有历史的气息与痕迹！

无 常

父亲来了又走了。我去车站送父亲，上楼时，我搂着他的肩。父亲的脚步匆忙，生怕跟不上我。送到站口，父亲回头的一刹那，我的泪水差点掉了下来。

我想跪在父亲面前，说对不起。但我没那么做，我心里的确那么做了。

昨天晚上，参加抗震救灾战友的大集会。他们让我讲话，我在讲话时不知怎么就想起父亲在车站离开时的情形，一时讲不下去。后来，我喝了许多酒。被他们送回到家后，悲从心起，哀从中来，大哭一场，真是哭得撕心裂肺。

那天下午，父亲站在城市，有些惊慌失措。他不识字，也不会说普通话，不知城市的道路，害怕来来往往的车辆。他眯着眼，望每一站，他不说话，恐惧的眼神里露出固有的茫然。那种神情，使我觉得对父亲怀了深深的歉疚。仿佛有刀，在心上划了一道刀痕，让血滴在骨子里，无声，但尖刻。

父亲来，是想帮我带孩子。但走了一圈回来，他说，带不了。他害怕城市。他想回去，回去活得真切。于是，票买了又退了，退了又买了。他跟在我身后，说对不起。他不知道有泪在我的眼里打着圈儿。他掏出他带来的三千块钱，说要为我请个保姆尽一点力。我不要，又掏出钱给他。他也不要。他收回自己存下的钱时，泪水涌出来。我知道，那一张张的票子，是我寄给他节省下来的一部分，还有一部分，是他在广阔的田野里坚持劳作的血汗。坐在我的车上，父亲说他存了一个数目。那在我们眼里是微不足道的一个数目，却是父亲一辈子积累得最多的一笔。他说："如果我老了，那笔钱，就给你儿子。那是你过去一点一点给我的，也有我卖了花生与油菜来的，我都尽量节存下来。"父亲说这些话时，我搂着他说不要，要他吃好喝好。他的嘴在颤抖着。

那天一大早父亲还骂了我，仅仅因为态度。那一刻愤怒游离于理智之外。后来我后悔过，但真的不坚决。坚决的是，我觉得从此会在父亲的心上，也划一道我心中那样的刀痕。多少人看上去生活得幸福无比，但每个人的设身处地，究竟怎样，夹脚的鞋子只有自己知道。我们每个生灵，生活得多么琐碎而又卑微。

父亲走了。第一次坐的软卧。他觉得奢侈。我说这么晚的点，没有其他的票了。你要回只能坐这个。父亲局促不安。但进站了，他瘦小的背影转身就不见了。回来的路上，我伏在方向盘上想哭。今天早上，我酒醒之后，开车去学校，一路上阳光灿烂，但我还是想哭。

我打电话给父亲。他说到了，还安慰我，要好好活着，能有今天很不容易。父亲说，再大的苦你都走过来了，这样的福还怕享不了吗？父亲又说，他不想失去孙子，不想我像他另外一个儿子那样，丢下自己的妻子与儿子流浪他乡……父亲一边说一边哽咽，我只有赶紧表态，说不会，绝对不会……我觉得发虚的生活，像足底抽筋，再强大的外表，有时也站立不稳。

父亲走了。他一个人回到熟悉的乡下，将像从前那样,出没于广阔的田野、幽深的山谷与硕大的房子里，他孤独的身影，让我见证了人生现实的残酷。我们活着，为什么不能甘苦与共，其乐融融？为什么就不能平和静气，享受天伦？我不知道，在天平的两端，哪只砝码显得更为重要。只有儿子问我："爸爸，爷爷到哪里去了？"我说回去了。六岁的他又问："爷爷为什么回去得这样早？我爱爷爷！"

我搂过儿子，不想让他看见我的眼泪。有多少人，为了身边的小

生命，再怎样艰难的日子也得过着。

这也是我人到中年，悲怆的生活的一页。父亲理解了我，而我，却怀了有罪的心情，生活在他不可想象的日子中，出了家门，马上擦去眼泪，转身对人笑嘻嘻。

我相信，每一个个体的生命，往深处其实都是孤单无助的。而我们，却向外面显示出我们的信心与强大。其实，我们内心，生活得多么惶惶。

父亲说，这次来，见到了想看的一切，放心了。以后就在乡下生活，不来了。父亲说完，我感觉一块巨石，从此便压在了我的心上。真正的苦痛，实在是不便也不能对人言的。我只有在酒后放纵的大哭，来消解局促生活的不安。同时，有另外一架天平，已压在良心上，让我在艰难的选择中不能自由与自主地呼吸。

我只能感觉到自己的心痛。在城市与故乡之间，从此会有不安的灵魂，永远在路上流浪与漂泊。我相信，那千千万万的游魂当中，肯定有我这样的一个。

让我们握手言和

——致我亲爱的儿子

亲爱的儿子，今天早晨上幼儿园前，你非要玩玩具。妈妈生气，给你摔了。爸爸因为昨天晚上加班一直到十二点多，起床后让你洗口，你不洗，还把水倒了，哼哼唧唧的。我说，现在洗还是朋友，再不听话朋友就做不得了。你仍是不听，接着闹。由于怕耽误你上课和我上班时间，爸爸再三警告你，你不听，于是一时生气，很冲动地打了你。打之后心里便后悔了。在去幼儿园的路上，你说，爸爸打人不对。我说，啊，那我先向你道歉。然后爸爸问你错了没有，你说错了。你还说要改正。爸爸心里更后悔打你了。

儿子，爸爸明天出差走边防，去写那些长期奋斗在边边角角的非常艰苦的要被人遗忘的叔叔阿姨们。在出差之前，爸爸有话对你说。

亲爱的儿子，你是我们这个家族最幸福的一代人了。生活在北京，从小什么都有，什么都不缺。今天，我就拿衣食住行玩，来和你作个比较。希望有一天你长大之后，能够明白爸爸为什么有时要打你的苦心。

亲爱的儿子，你有一大堆的衣服，放在柜子里，厚度超过了爸爸的，而且大部分是新的，一套又一套，有的比爸爸穿的还贵。而爸爸一直到高中，都穿着打补丁的衣服，以至于你奶奶心里总是内疚，一直觉得没有能力给爸爸创造条件，让爸爸在外受了委屈。因为穷，爸爸在成长的过程中，一直充满着自卑，好多好多年后，才慢慢从最底层中爬出来，甩掉了这种情绪，克服了忧郁症。因为爸爸看到了世界，不是由衣服来决定一个人的身份的。有多少人，穿得破破烂烂，但怀有了美好的心灵与善良的心地。在危急关头，经常是那些小人物能够作出更大的牺牲，提供更切实的帮助。而你，从小就有优越的意识，衣服不新，你闹过情绪；衣服破了，你不穿。要知道，今天你的一切，是我们家族多少代人都享受不到的啊，儿子。至今在你从未回过的老家乡下，不少人多少年就没买过新衣服。

亲爱的儿子，爸爸小时候，经常吃不饱，一直到上学，都是粗粮，在外地求学时，有时只吃白米饭，连菜也没有。带的咸菜，有时要吃一个月，放久了都长了毛。那时你奶奶说，只要有出息，不要在乎这些。我知道你奶奶心里也难受，但她是一个坚强的女人，什么也

不会讲出来。所以后来，爸爸即使是挨饿，也不会告诉她。今天爸爸的胃病就是这样得来的，上学时曾整天整天的痛啊！直到现在，爸爸喝点酒，就会痛得整夜睡不着。而你呢，家里的零食一堆一堆的，叔叔阿姨们，姥姥姥爷们，一买就是一袋袋的。爸爸的朋友、同学、战友，有时到北京来，给你一带就是一箱箱的。你有时不珍惜，不喜欢吃的看都不看，四处扔；喜欢吃的，就狂吃，有时连正餐也免了。为这，我多次批评你。你总是满不在乎，说不是还有吗？啊，儿子，因为你没有做过穷人，你便不知道做穷人的滋味。所以我多次说，要把你送回湖北老家，去你爷爷那里受教育。你到老家看看，多少像你这么五岁大的孩子，天天守着老人们，出入在深山荒地里。他们的父母都外出打工了，过着不知怎样艰难的生活，哪里还顾得上管他们呢？他们想要吃点肉，也是爷爷奶奶们下了好大决心才买的。每次对你讲时，你说不去湖北，那里什么也没有。亲爱的儿子，那里的确什么也没有，但那里有你的根，有着良好的品德，有着善良的人们。也许，你们这一代注定要与他们断裂，但是，爸爸是从那里走出的。有一天你回老家，看看你的哥哥姐姐们，生活在什么样的条件下，你就会明白，今天浪费粮食是多大的错误。这就是我要你背"锄禾日当午"的原因，要知道"粒粒皆辛苦"的滋味，因为那些滋味，都是爸爸曾经有过的。面朝黄土背朝天的生活，爸爸少年时一直经历着。从缺衣少食，奋斗到今天每每被请吃的时候，面对山珍海味，总是无法下箸。一则吃得不踏实，二则因为长期加班熬夜工作，爸爸有了糖尿病，不敢吃。这就是命啊，亲爱的儿子。有一天你说，爸爸，为什么别人打电话请你吃饭时，你没吃却说吃了啊。我只是笑。要知道，儿子，别人的饭不是那样好吃的，凭什么要请你吃饭？为什么要请你吃饭？还是在家吃饭最踏实，还是粗茶淡饭最真实。希望你长大之后，能够明白这个。

亲爱的儿子，你刚出生的时候，一直在山西你姥姥家，住的大房子。后来回到北京，房子虽小，但也充满了欢乐。最后房子也渐渐大了起来，满地都是你摔的东西，把家里弄成了垃圾堆，什么也不爱惜。我带你到其他叔叔家玩，你后来不去，说人家房子小不好玩。我告诉你，房子大小不重要，重要的是住在哪里能充满欢乐。而为了房子，为了一个所谓的城市户口，爸爸奋斗了多少年！你却从一出生，一切便拥有了。记得当初我去万寿路派出所给你上户口时，站在那里整整感慨了一上午！想起自己年轻时，为了能弄上城市户口，吃上公家饭，是怎样在乡间和各处经受各种各样人的各种各样的眼光，是怎样在生活的艰难中痛苦地挣扎，是怎样的叫天不应求地无门，是怎样立在天空下茫然无助！至少有二十多年的时光，爸爸把全部的精力和痛苦都努力奋斗在那个户口上面。而你不需要，你一出生，便被温暖包围，便生活在北京首都，便被当成宝贝被大家捧起来。人们说，男孩子要穷养。我总是觉得过去自己是那样穷过来的，从心理上说不主张对你太苛刻。但随着你衣来伸手、饭来张口时，我便担心，有一天，你不知道身边的一切，都不是像我们给予你那样可以慷慨地得来的。一切，最终要靠自己的努力和奋斗。只有自己，才能主宰命运。而不是自己想吃什么便吃什么，想要什么便有什么。

亲爱的儿子，从小你便奔波在山西与北京之间，在遭遇"非典"时，在每次放假时，在妈妈休假时，你都得回山西去。在长途列车上，好像重复着我当初的景象。因为爸爸也是一直在路上奔波的。但爸爸从上学时到后来许多时候，都是靠双腿走路，有时几十里的路，一走便是半天。爸爸那时便想，天在哪里？希望在哪里？便咬牙要奋斗，便切齿要改变那一切。你呢，从小坐你姥爷的车子，回来到北京后，便坐爸爸的车子。有时出门，哪怕很近的路，你也要坐车去、开车去。我说，儿子，这不是享受，只是为了方便。儿子啊，如果你在冰天雪地里像爸爸少年时从学校走几十里外的家那样，如果你在炎热的夏天里翻越一座座高山像爸爸挖药材卖那样，如果你千里跋涉像爸

爸去寻找出路那样，你就会体味到，一切的东西，来之不易，要懂得珍惜；一切的生活，不要提过高的要求，要善于舍得和放弃。你就不会说是姥爷的车好还是爸爸的车好，你就不会说要坐自家的车而不坐地铁……

亲爱的儿子，你喜欢玩玩具。家里的玩具堆得像小山似的，叔叔阿姨们给你买的，你姥爷妈妈买的，爸爸的朋友战友们买的，也上百了吧？光遥控车，就有三十多辆了吧？每买回一个，我说送给别的孩子玩，你却非要拆开，玩一会儿就不玩了，有时甚至很快把东西玩烂了。我说，过去爸爸哪里曾见过这些东西？有一次，我从成都出差回来，因为没有买礼物，你甚至坐在我的行李箱中不出来。而过去，爸爸哪里有一个礼物呢？有回爸爸上山打柴卖了一角七分钱，用其中的一角一分买了本小人书，让你爷爷揍了一顿，说不该浪费。虽然如此，我后来每次出差，总要给你买点什么，但买回来，你很快就弄坏了。儿子，一切东西都是要懂得珍惜的，一切东西，都包含了爱，长大后一定要体味别人的感觉，站在别人的位置上思考问题。这个世界，不是自己想做什么就做什么，想要什么便有什么。

亲爱的儿子，随着条件的改善，你妈妈给你寄予了很大的希望。你要书，就买书；你要光盘，就买光盘；你要录音机、DVD，就什么都买；你要报各种班，赶紧去交学费……总之为了你学习，大家是一路绿灯。但每次，你不愿认字，也不愿学英语，不愿打算盘，把书和笔摔得遍地都是，爸爸也揍过你，你就哭。后来我想，爸爸在你这么大的时候，懂的还不如你多，就算了。但你妈妈姥姥成才心切，把你按在那里。你说为什么总是要你学习？你哭，你闹。那我告诉你，因为这个年代你不学习就会落伍，一步跟不上就会步步跟不上。大家都在往前赶路，如果你站着不动，就会永远被抛在后面。为了弥补爸爸因工作没有陪你的损失和内疚，我有了时间，就经常带你出去玩，北京大的景点都跑到了吧，有的地方是爸爸奋斗到这里后几年都没有时间去的地方。你说学什么啊，妈妈说不好好学习长大后只能扫厕所。你说你愿意。啊，我亲爱的儿子，长大后你便会明白，在中国这个社会有工作和工种的区别。有些人有钱，没有地位；有些人有地位，没有钱；有些人既有钱也有地位，有些人既没有钱也没有地位。无论是哪一种，都有被人瞧不起的时候。但有些人什么都没有，也有被人尊重的时候。爸爸是从底层社会过来的，很尊重那些生活在弱势中的人们，也曾干过许多被人看不起的工作，觉得每个工作都很伟大。至于为什么爸爸不让你再去干爸爸自己曾干过的那些工作，就是希望有一天你能生活得更有尊严，更加幸福。试想有一天你有了能力，能够不依靠任何人的力量、不看任何人的眼色生活，活得体面而满足，那是一种非常理想的生活。为了这种理想的生活，你必须学习，必须让自己丰富。你有时说，爸爸，你为什么每天都看书呀？还说，爸爸就知道看书。我想对你说，亲爱的儿子，如果你不学习，不学会一门足以在社会上谋生的本领，生活就不会同情你，爸爸之所以那样勤奋工作，努力学习，就是为了在不依靠任何人任何关系的前提下，能够在最艰难的环境中站起来，活下去。希望你将来也有自己能够很好生存立足的本事与理由。

亲爱的儿子，我明天就要出差了。今天打了你，会一路后悔。在此，我表示我内心的歉意。我还要告诉你，你奶奶临终时，曾再三叮嘱我，不要与你妈妈吵架，不要打你。你奶奶知道我的脾气，当时我也答应她了。我最遗憾的就是，你奶奶走时，你只有半岁，远在山西，由于天气热，她没有见上你一面。虽然你小，但也不能因为你小就放纵自己；虽然我脾气大，但也不因为我是大人就原谅自己。所以，你今天在我道歉时说没关系，我也在你认错时说抱歉。我们还是好朋友，你还是可以直接叫我的名字，我们还是可以一起读书，一起编故事，一起玩机器人，一起开车去公园，一起买鱼去放生，一起去接你妈妈下班，一起到办公室捉迷藏……为了你，我还是可以像往常

那样接受一切的委屈与遭遇，承受生活的一切不公与痛苦，忍耐住生活中的种种寂寞和压抑……

亲爱的儿子，今天上班时间，我给你写这封信，是内疚，是反省；同时，我写这封信，也是希望有一天，你懂事了，能够体谅做父母的心情，不断充实和完善自己，改正不好的习惯与错误，成为一个对国家对社会有用的人——我曾说过，希望有一天，你能像爸爸少年时那样，一辈子只想一些人类、社会、国家与民生等大问题，而不像爸爸成年时那样，仅仅为了家庭与生活等低俗的理想在奔波忙碌……

让我们握手言和。

第三辑

南方开始下雪

|三个老门卫|

在我的印象里，有三个看门的老人不能忘记。那时我从农村到城市，不知道城市的大门看得这么紧。在我们黄安老家，你进村除了狗叫，一般人家的屋子都敞亮着——当然那只是过去，现在好像也经常锁着，因为年轻人都跑到灯红酒绿的大城市里去了。只有一些老人在家，不锁门不行。往往一到天黑便关门闭户。大山深处好像没有人家。

第一个看门老人是在湖北十堰市。1986年的夏天，第二汽车制造厂，在一个水厂，属几堰我忘了，好像叫张湾。那时我上高一，暑假和一个同学去打工，在建筑工地。那是我第一次坐火车，心中充满喜悦和期待。到达工地上，一个包工头因为我不请自来，狠狠地骂了我一顿。我那个同学的父亲在他的手下打工，因此他只骂我，不敢骂我的同学。他还怕我和同学在一起会偷懒，便把我们分开了。同学在花果区，我到了这个张湾的水厂。到厂里后，我看到一个老头，眯着眼盯了我半天。后来，我才知道他住在我们隔壁，是看大门的。这个老头的背有些驼，眼睛不大，但敏锐。有时，我回来晚了，要开门，他总是不高兴。有一回，我按工地上一个老工人的要求，把捡到的废铁里的铜想解下来。他让我把它烧红，然后丢在清水里。我照做，因为多少可以改善一下伙食。包工头总是控制我们每天的伙食费。结果，烧红的铁丢到有水的铁桶里，在夜里发出了一声巨响。老头听到后，跑到我们的厨房来看。他很生气，以为我把水厂的铜卸来卖。我说是捡的。他还是不高兴，说再要看到，便要告诉厂里了。我们一起的那个老工人站在一边，不说话。我也不敢说是他让我煮的。老门卫当时很凶。我一夜忐忑不安，生怕第二天他告发，我便在工地上待不住。但第二天，他没有告发，而是把我叫过去说："我知道是别人叫你干的，但不能再这么干了，工地上的铁都是国家的。"他还说："我听说你是个学生伢，这次也不怪你。"我很感动，于是再也不干了。平时，遇到他，还与我聊上一阵，比如家庭什么的，为什么这么早就出来打工等。我那时很脆弱，这一问便觉得很自卑。本来，在水厂，有的上班工人便像我这么大的，天天坐在有空调的办公室。那些小姑娘穿得很漂亮，屁股翘得很高，有时让我产生不好的联想。我们没有地方睡觉，常常是晚上在水泥地上铺开一张席子，便可以睡一觉。年轻人火力壮，那时，天天喝的也是自来水管里的水，也不生病。但后来，随着天气更热，蚊子便渐渐多起来了。躺在地上，蚊子咬得受不了，加之记得当时工地上还有一对夫妻，两个人不是打架吵得人睡不着，便是两个人在夜里亲热的声音让人受不了。我便经常独自一人跑到屋顶，睡在水池边。既躲蚊子，又很凉快。水是从别处抽上来的，在屋顶的大池子里转换，要过滤。我睡的地方，就在水池中央的一小块空地，旁边还有一台装有皮带的机器，昼夜不停地响。那时在建筑工地干活很累，所以无论声音再大，震得多么厉害，我总是看着远处城市的灯火，不一会儿便睡着了。这样过了几天，那个门卫发现了。他找到我说，你不能再睡在厂房的上面了。我问为什么。他说有人看见了，说我把大家喝的水弄脏了。我说，我又不往里面撒尿。他说那也不行，他怕我晚上睡得过死，要是不小心被卷进机器，或是掉到水池里淹死了。他这一说，我还真有些怕。于是又从楼顶搬了下来。他打开一间小屋，说，你可以睡在这里的地上。我说好，但屋子里很热，我半夜还是常常跑到机房里睡。后来，老头发现了，再也不说，

他只是叹息，说造孽啊。老头后来还训过我一次，是因为每天我们在屋顶检修，天热得受不了，我只穿工地上一个工人——我们叫他吴老四——给的一个大裤头，有些短，光着膀子便上了屋顶，楼下的穿裙子的女人们见了，便提意见，估计她们在楼下看到什么了。老头把我叫下来，让我穿长裤，我说热啊。他说，热也得穿，要注意影响。我便只好穿长裤了。每天都是汗兮兮的。我特别感激地记得，有一个戴眼镜的小姑娘，有天还把我叫到机房里凉快了一下，那是我第一次站在空调房里，心里美得不行。我为此觉得那个脸上长斑的小姑娘特别美丽，我又觉得人与人的差别真的是太大了。毕竟，那时我是第一次离开黄安到大城市。

那个暑假，我一共挣了七十多块钱。那是我第一次挣这么多钱。最多一天下了两整车水泥，大东风车呀，累得要死。我走的那天，与那个老门卫告别，他对我露出慈祥的笑容，要我回去好好读书。我突然有些舍不得他。我还与那个曾让我到空调屋里凉快一会儿的女孩道别，她好像并不在意，让我心里有些失落。最后回来时，我两腿上都长满了水泡。一回到黄安的家，刚进门时我母亲便抱着我哭，我那时年轻，不懂得母亲的感情，只是掏出七十多块钱放在桌上，一个劲地傻笑。

另外一个老头，便是那年我高考完到北京来遇到的。那时我背着自己写的诗和小说，投靠一个老师的弟弟。当时他很热情，但不久便发现了难处，住在哪里呢？我先是住在一些未竣工的大楼顶上，那时由于发生了大学生那些事件，全城都严，我每天躲在楼顶上的石板上写小说。最后，生计都成了问题，人总得吃饭。于是，我便被介绍到各种场合工作，建筑工人中，西单拖地的大军里。后来，有一天我鼓起勇气去了北京的某个大型刊物的编辑部，留下了一部中篇小说。那个刊物的编辑一点也不热情，倒是楼下的门卫是个阿姨，挺热情的。其实，我那时不知道，人即使发表了一个中篇小说也不算什么，但我当时觉得可以证明自己是块写作的料。因此满怀希望。后来，那位老师的弟弟看到我志向与他们不同，就让我到他们住的地方，先住着。那是一间不太大的屋子，住着一大帮人，有男有女，不分彼此。大家有饭一起吃，也就天天是白水煮面条。我属蹭饭的，时间一长，不好意思，脸皮薄，因此有时遇上他们吃饭，如果我老师的弟弟不在那儿，我便跑出去，说有事。其实没事，就是不想白吃他们的饭。跑到街上，转一圈再回来。有时一天只吃个把烧饼，肚子老是叫。我刚去时，门口那个老门卫也查来查去，非要里面有人来接才让我进去。我说，你看我写的诗。他说，我不看诗。我说，你看我写的小说，他说，狗屁小说，更不看。我没有办法，那时也没有电话，更没有手机，我无奈只好拿出一张黄安县团委给我的表，对老头说："你看，这是我加入团委人才库的表。"老头先是看了那红色的印章，接着看了内容，再抬头看看我，便让我进去了。但不久，他便又记不住，我只好把那张表带在身上，来来去去的。老头后来见了我，便不再拦我了，脸上还有了笑意。有时，他问我工作找得怎么样了，我说，可能有希望。他便有了笑意。那时我年轻，什么都写在脸上，有忧郁症的前兆，他看到我垂头丧气地走回来，便不再问了。我在北京待了近一个月，一事无成，小说最终也没有发表，天天饿肚子，便决定撤退。我记得我背着一个塑料袋离开北京的那个夏天，我对老头说，我要回去了。他说好啊，还是家乡好。我没有说什么，但离开北京时，我的眼泪掉了下来。我觉得，那不是我的城市。但是，在离开的时候，我又凭空发了誓，说自己有一天还会杀回来。没想到，那是十年之后的事了。我记得待的那个地方叫三里河，在燕京饭店的后面。多年后我真的杀回北京时，曾去找过那个地方，但北京早就变模样了，屋子也没有找着。至于那个老门卫，也不知所终。

记忆中的第三个门卫，是天津的。那时我大学毕业留校，分在一个集体宿舍里。那个门卫在我们隔壁，本来不管我们。但那时我还

是天天坚持写作。那时也没有电脑，只是手写，投出去的稿件，要是发表不了，编辑也不会退回来——不知现在有多少编辑部，曾压着我年轻时的血汗啊。而我写东西习惯于一气呵成，不打草稿。在多少次石沉大海之后，我便想把手写的稿件去复印一下存底。旁边就是个印刷厂，每次进门时，那个门卫都要打照面。虽然那时候，我穿着军装，但老头还是伸出脑袋来问："干嘛呢，你？"我说，印东西。他说"啊"。然后笑。我进去印的次数多了，老头拦也不拦了，还拉着我聊家常。那时，与我同期毕业的一到下班，便骑着自行车出去谈恋爱。我们把这种现象叫作"鬼子进村"，也就是跑到女朋友家混饭吃。我那时觉得自己一事无成，虽然自己也不小了，但还不想过早去谈恋爱，天天坐在屋子里写稿子。随着发表率的提高，复印的次数也多了。以至于印刷厂的那些军嫂们，都认识我了，从开头的收钱，到后来便不再收我的钱了。而那个门卫，可能由于寂寞，还拉我进去坐坐。一来二去，便熟悉了起来。我很快发现，这位大爷是个酒鬼，一天三餐，顿顿少不了酒。连早上喝稀饭吃油条，也要来上二两。我们旁边就是一个东北人开的小卖部，里面二锅头多的是。每天，老头脸上都红乎乎的。喝了酒，眼睛都睁不开。我从边上过去，他就喊："哎，来坐会吧。"多半，我会聊上几句。但他的话只要一打开，便没完没了。我想走也不是，不走心里又急。后来，弄得我从他门前过去时，都想躲着走。但他也不在意，还是要拉我进来，笑意贴在脸上。我们总要聊上一阵。老头说，你不谈恋爱啊。我说，不谈。他说，要谈呀。我说，你有老婆吗？他说，没哩。我问，为什么你自己不找一个呢？他说，六七十岁了，谁要我啊。我说，你年轻时为什么不找一个？他说：全是因为酒呗。我爱喝酒，人家便瞧不上咱。我说，你为什么不把酒戒了呢？他大笑：世界上还有比酒更好的东西吗？兄弟，酒比女人更可靠。

　　他这样一说，我便对他刮目相看，觉得这话有哲学的高度。但他其实就是一酒鬼，经常天还未黑，一顿晚饭便把自己放翻了。门卫其实就是个摆设。好在在军营里，那个印刷厂从来没出事。我调离天津进北京的那天，从北京找了一辆车回去拉东西。车过他的屋子时，还与他道了个别。他说，跑到北京去了呀？我说好久不见了你了呢。北京好，是首都，皇帝待的地方。他拉着我的手，一个劲地捏着，不松开。送行的同事们都站在那里笑。因为老头好酒，同事们多半都在笑他，所以老头基本上不与他们说话。现在，好不容易遇上这样一个"知音"走了，他似乎有些舍不得。他说："记得回来看看啊。"我说好。但后来，我一直很少回天津。有两次回天津，那个印刷厂也不在了，我问同事那个老头到哪里去了。同事说，早回老家去了，谁也不知他干什么去了。

三个门卫，三个城市，三个与我有关的人，在今天这个有风的夜里，被坐在温暖如春办公室的我想了起来，于是就这样记下了。也许，他们中间有人早就离开了这个世界，也许，还有人依然在这个尘世上活着。谁知道呢？我甚至不知他们叫什么名字，但我是真的从心里祝福他们。如果他们离世，我希望他们去的地方是天堂；如果他们仍在，我希望他们活着幸福与安康。因为，我们都不过是这个星球上的小人物，波澜不兴，水纹不扬，走在熙熙攘攘的人流里，因为缘分而相识，因为交错而相忆，从平淡走向平淡，从爱走向忘记。再后，我们都会殊途同归，从这个星球上彻底变作虚无。而在我们回忆的时候，却记得有这样的一些时刻，即使我们并不了解，因为机缘，却亦有过短暂同行的时候。或许，这就叫作缘分。

｜小 学 碎 片｜

从七拐八弯的田埂上过去，在翻阅海拔六百多米的陡山，就是小学。通往小学的路共有三条，一条是从四屋榜村过水库，另一条是翻越陡山冈，还有一条顺从我们村子的田岸上拐到公路，然后上一个小坡，就到了。我们村通往小学的那条路，是最好走的。我为此好长时间沉浸于满足的喜悦里，至少其他村子里的人，上一次学够受罪的了。走水库那边的，危险；翻陡山的，也危险。但是他们没有时间从那么远的田埂上拐到大路上来与我们这条路会合，村子里大人们给安排的事情委实太多了，乡间的农活在我们的有限记忆里总是做不完。为此，上课时我们老打哈欠，甚至流鼻涕，只等放了学一窝蜂地随人乱跑。老实说，我们那时候根本不知道读书识字为了什么，父母一边希望我们多干些农活时一边用棍棒撵我们上学，我们便一直被驱赶着跑来跑去。成绩不好没关系，大人会说这是命中八字，人太笨了没有办法；但农活是必须干完的，不能马虎，干不完就会挨打。

小学在山顶上显得很孤零。四周是茶树和松树，记得厕所边还有一棵李子树，常是没等它熟就被我们偷偷地打光了，咬了一口，涩住了腮帮，酸闭了眼，马上就吐掉了。吐掉了一会儿又接着吃。在茶树林里，原来种有成片的桔梗。这是一种很贵重的中药，我童年甚至少年就与它命里相依了，因为它就是经济，可以换钱来买铅笔和本子，为此我把家乡的山山水水几乎踏遍了。那片桔梗园原有人管，但后来分田地后，大人们一哄而入，全挖光了，自此伤了元气。由于连小的也不放过，再也没有成气候。当然，现在的人已不稀罕用它来挣几个

零花钱，即使长成遍野，也只是乡村郎中药方中的一种修饰和调剂。

　　小学有一个操场，不大。操场上有两个篮球架，破的，后来有一个还干脆倒掉了。打篮球是原来那些下乡知青们的事，因为小学的房子原来是为他们建的。他们走后，大队为了省钱，就将它竖了一个牌子，称马榜小学。而我们的一、二年级，都是在自己村子里的一件破保管屋里，三个年级同一个教室，一个老师上课，讲了一年级的再讲二、三年级的。这边讲完了就布置作业，接着对另一拨人讲。我长大后干写作这个行当可能就是受那时的影响，不管身边有多少人，也不管多么热闹，我都能很快进入情绪。这话有些远，远得就像我们梦中的篮球。整个小学里只有体育老师（当然是兼的）房里有一个篮球，带着补丁。偶尔上一回体育课，摸到一次就是幸运的了，因为我一点也不强壮，总是抢不到，还因为球一滚出操场边就顺着地势下逃，最后逃到山脚下的水库中去了。几个胆大的就找了长竹竿去拽，有一次还不小心掉进水库里淹个半死，体育老师冲下水去救了上来。我是不敢去的，因为母亲怕我偷偷玩水，就说水里有鬼。我小时候一直沉浸在这种恐惧里，以致有时母亲让我到池塘边洗衣裳，我都害怕不已，我觉得那些小小的鱼儿就是鬼，睁了眼睛想拉我下去。洗着洗着就哭了。我至今不会游泳就是这个原因。

　　操场往上有一个平台，校长讲话时就站在那里。当然我也多次站在那里，因为课堂休息时要做操，我是领操的。老师们都拿着教鞭在一旁站着，看谁偷懒就揪出来。那时我老是在各个年级当班长，因此老领操，后来还被派到县城去参加表演。领那么多人做操我还是第一次，也是最后一次，记忆中不太牢。小学时代脑子里乱糟糟的，上学跟着大孩子们瞎折腾，根本不知干了些什么。记忆深一些就是打群架，一个村子和另一个村子的干，我也参加（不参加不行，伙伴们说你是叛徒，是蒲志高，谁也不会理你，还瞎给你起外号，谁不怕？）当然老站在最后，让头人瞧不上。

小学很破，玻璃烂了就用尼龙罩上，到夏天时才扯下来，整个空的。窗户那么大，下了课趁老师不注意，他们就从窗子里跳出去，挺方便。我不敢，因为我自小至大都想做一个好孩子。我从不参加坏事，如偷瓜吃呀，往女孩的包里塞虫呀，别人起立坐下时抽凳子呀，我都不干。他们也不勉强，因为我从不告密。我在小学里基本上没受多大的欺侮，主要是由于我成绩好，他们老想抄我的作业。在应付老师方面，我们是共同的。我们怕老师，他们总是在进教室起便瞪着眼睛，从来不笑。偶尔笑一回，把你惹笑了，他却冷不防给你一个耳刮子。好长一段时间我坐在窗边，心想老师要打我时我就从窗户里跳出去。窗户好大的啊，可以看见外面的阳光，蓝天和白云。冬天就苦了，风怎么挡也挡不住，冻得人直跺脚。老师在时是不敢跺的，老师一走教室里便地震般地跺开了。老师听到了进来就骂："你们是猫子一走老鼠就放了邪！我抓住了看怎么收拾！"于是不地震了，朗朗的读书声悠扬地传了开来，读也能读，背也能背，就是有些不知是什么意思。有次老师讲到《小草》一课时，问我们这象征着什么。没有谁能回答上来，老师便点我了。我说这说明小草很可爱，头上就挨了一棍子，眼泪快流了出来，老师还让说。我又说象征小草很有力量，劲很大，因为它能从大石下长出来，一点也不怕压。头上接着又挨了一棍子，差点哭了。老师还让说，我再也说不上来，大家的头都低着，生怕自己的目光和老师相遇。直到挨了第三棍子，老师才吐着唾沫怒瞪了眼说："象征革命力量，懂么？革命的力量是强大的！它现在是小草，明日就成了森林。"小草怎么成了森林，我一点也不明白，也从没见过。但那次课我记得很牢，因为它是我读小学时唯一一次挨老师的打，而且一打就是三棍子，棍棍实在，毫不含糊，头上的包鼓了好几天。母亲看了，心痛得啊！

在教室里如此，于是我们便寄希望于学校门口那口大钟了。说起那口钟，才真叫钟，一敲声震数里，好些村庄听得见。以往知识青年住小学的时候，这钟便是全大队开会的信号，小学这地方地势高，因此钟一响社员们丢了饭碗就跑，不跑迟到了有你好看的，不是在大会上点名批评就是罚站立，像老师对我们一样，要不还得罚社员劳动，别人割一亩的稻子，你要割一亩三开（升）。社员们就怕听见钟响，一响就得下地或开会，没个好觉；但我们不同，我们盼望钟响，钟一响就是下课或放学，我们便得了解放，可以溜到田野上唱歌了。日子过得真像发条一样，越扯越紧。我们都是走读，因此得回家吃饭。吃完饭又得往学校跑，临走时还得洗碗或喂猪，大人们早出工了，农活怎么干也干不完，生产队的目的就是不让人闲着。尽管我们时间抓得紧，但也经常迟到。我家里好一点，因为有姐姐在上顶着，洗碗往往是她的，她为此老是迟到，总挨批评，最后断断续续地读一天不读一天，降到与我同一年级，一上课别人就笑。

我现在要说到上学的路了。我们这段路要过一条河，河水涨了就得从水中淌过，山洪来的时候，没有桥根本过不去，于是就集体在家帮父母堵房顶上的窟窿，拿了盒呀盆呀接水。乡间的老屋都几十年了，四处漏雨，挡也挡不住。有时水还漫到屋子里来了，我们就赤着脚，一瓢一瓢地往外舀，等天晴后巴不得把屋子顶掀了，搬到太阳底下暴晒一下才好。

天晴后是我们又去上学的日子，那时还没有什么星期六、星期日休息，我们那里更没有把这两天叫做"礼拜"的习惯。上学当然还是我愿意的，因为在家里我是强烈地害怕父亲，害怕他的拳头和耳光。童年时我的目光老是躲闪，怕一不留神就挨了父亲一下，这使我长大后很羞怯。我于是饭碗一丢就说到学校去，其实在上学的路上玩去了，有时一个人躲在油菜地里，坐着看连环画。我们班有个同学经常抄我的作业，就拿连环画来交换。他家有个亲戚在城里，连环画可以源源不断地输送来。上学的那条路成了我最开心的地方，如果不挨高年级同学的打的话。

与我们的"幸福路"相比，从屋檐路过水库到学校的和翻越陡山冈到学校的人就有些惨了。水库上面的路很窄，而且是山路，很不好走，下雨天老打滑，而且人们都传说水库里有蛇精，水桶那般粗，吐一口烟在人的脸上就把魂勾去了。这使从这条路线上学的同学们很害怕，放了学谁也不敢拉下，千万不能都独单，老师为此给这路人马选定了一个头头，是个女生，负责集合带来带去。我们上学放学在路上一律得排队的，而且还唱歌。这个女生很厉害，眼睛有些斜，看人时让人害怕。她打架是很厉害的，连男孩子的裤子都敢脱，所以大家既怕她又服她。这路人马很强壮，经常与从翻陡山上来的人干仗。因为陡山这条路线的人倚仗自己站的位置高，老躲在树丛和草丛里装鬼，撒沙吓那些小同学。甚至有时把石头滚下去吓过水库边的山脚人马，石头砸在水里咕咚一声巨响，然后水花溅起来了，四屋榜上学的人吓得遍地乱跑，以为蛇精浮出了水面。于是女头头带人在草丛中伏击，抓住了陡山那边翻石头下去的人就是一顿饱打，打了还不准说。这样陡山那边的人收敛了一些，但是四屋榜的人和陡山路线的人最后都很惨，不得不在下雨天和下雪天拐到我们这条线上来。原因是四屋榜的人在过水库上的路时遇上了雨天，一个同学不小心就滑到水库深水中去了。水面只打了几个泡泡，就没有了影子，有人说蛇精吃了她。因此这路人马上学，如果走这条近道的话非得父母去送不可，而父母自己手头的农活还做不完呢，哪有功夫去送？因此他们只有弯了好长的路和我们这条道会合，几乎绕着整个陡山转了一圈。出了这件事后女头头的带队权被收回了，让给了另一个打架更厉害的同学。女头头读了几天就不读了，后来她成了我们同学中最早出嫁的一个，那时我初中刚毕业，她也就十六岁的样子。

走水库那条路的领导权被男同学占领后，他就改变路线从我们这边走。当了领导他就命令大家去偷我们这边的梨子，大的都得贡献给他，小的再重新分配。不偷的人他或者打一顿，或者脱光了你的衣服，让你光屁股哭着回家。这样有几个胆小的就死活不上学了，老师才撤了他。这个同学长大后干了坏事，后来被抓着坐牢了。大人们说，从小看到老，一点不错的。在我童年的恐惧里，也有着他的一份，因为他这个人胆子忒大，竟敢在冬天里翻陡山冈。这条路到了冬天一下雪是没有人敢走的，雪一滑掉下来只有死路一条，以往过陡山路线的同学此时也从我们这边绕着走。这群同学也同样多灾多难，他们在春夏和秋天每次爬上陡山时都累得大汗淋漓。有一次我也从这条路线走过，好不容易翻上山顶朝下看去，腿肚子直发软，真不知是怎么样上来的。再后自这条路线上出事起我就没有走过了，直到小学一眨眼的工夫就毕了业。毕业照是提前照的，也有那个死了的同学微笑的影子。

这条线出事的是一个小男孩。也许冬天的天气的确太冷，我们总是龟缩在被窝中不肯起床。这个小男孩迟到了，他不敢再弯到我们这条相对安全的路线，就抄陡山冈的近路。那天在落雪，山坡上很滑，他一不留神就摔了下来，最后冻死在没人的雪地里，到晚上才被发现。他死了，而且我们活着，蹦蹦跳跳的，还在上学，还在和老师捉迷藏，和大人们玩游戏。我对死的认识就是从那时开始的，之后我便不怕了。死在水库的，连个泡也没冒；死在雪地里的，同样无声无息。我那时就想，其实我们都死了也没什么，大人们照样要在一大早出工，在深夜里开会。我们中间有谁死了，另外的人还要读书，还要在课堂上打瞌睡，还想再挨打时从窗户里跳出去，还得在学校与家之间来来回回和躲躲闪闪。反正，还得活着，吃饭，洗碗，喂猪，打草，拾穗，挖药材卖，偷梨吃，一样也少不了的。

少不了的还有在地上打洞。我们每个人的椅子下都有洞，用砖或瓦片撑起来，做一个仓库，主要是用来放墨汁。因为大人们告诉我们用不了的墨汁不要丢了，越放会越好。我们学毛笔字是从二年级开始的，买一支毛笔和一瓶墨汁非常不容易，就想点子。一般是砍根

竹子，找一只山羊割一撮毛塞在里面，然后用钢丝捆紧，做成一支毛笔。二角五分的毛笔一般人是舍不得买的。至于墨水呢？买上一瓶，掺些凉水，用干了再掺，反正写出字来能看见就行。一个学期用不完的就打个洞埋在地下。大人们说越放长越香，其实从地洞里取出来，打开瓶盖就闻到一股臭味。更可笑的是，椅子和屁股底下有洞，有时坐着上课就踩塌了，难免一屁股跌在地上。一到放假时，地面上到处是坑，这是全体撤"兵"的痕迹，位置就留给了老鼠们。

那些年我们小学最出名的一件事就是整天板着脸的校长，他想儿子想得发疯，但自己有病，就请人和他老婆生了一个。儿子真的生出来了，结果老婆却和那个人好了，他为此总和老婆打架。传出来，把他下放到原籍劳动了事。还有一件就是有个年轻老师和离学校很近的一个村子里的姑娘在麦子地里那个，叫人给逮住了，他们就结了婚。他结婚时我就走出了陡山的小学，毕了业。再去看他时，已是二十多年之后的事情。

二十多年真是弹指一挥间，我上了大学回来，看了作家陈村发表的一篇文章后十分忧伤，就想起了小学。他那篇文章发表在八十年代末期的一本《萌芽》杂志上。第一句就是："那天我走过小学。"他说："我找到了半粒圆棋子，是白的。我对她说，让我看看你袖子上的那条蜈蚣吧。她笑了说，你想怎样就怎样。于是，我想翻过围墙，结果一阵风沙迷住了我的眼睛，我的眼睛像揉进了沙子。"就是因为这几句话让我喜欢上了作家陈村，也使我萌发了要去看看儿时小学的想法。

那是一个冬日的雨天（我讨厌南方无休止的雨和泥泞），我一个人去了。小学在细雨里迷蒙一片，很安静。因为现在的小学移到山脚下的大队部去了，这里便差点成为废墟。我去看我读书的教室，教室里已没有了窗子，全用石头封起来。透过缝隙，我看到教室里四处结满了蜘蛛网，打了补丁的黑板上歪歪扭扭地写着几个认不清的字，还有一幅不知谁画的小鸟，眼睛大大的。我骤然染上了忧伤的情绪，仿佛回到了从前。一群矮矮的、胖胖的、高高的或瘦瘦的孩子们坐在那里，打着哈欠或盯着黑板，在摇头晃脑地念书。我忽然盼望老师的教鞭落下来，击在我的头上，再一次问我小草象征着什么。这一次我要故意答错，要让他多打几下，我对那根曾害怕的教鞭已产生了深深的感情……

泪水在我的脸上无声地滑落。我于是坐在断墙上抽烟，雨打湿了好几次点不着，我就把那包烟扔了。这时我才发现自己一直没有打伞。我足足在小学那空荡荡的破房子边坐了一个上午，什么都想什么也没想明白，回到家时全身湿透了。母亲问我到哪里去了，我说去看了一次小学，母亲叹息了一声，而父亲则奇怪地看着我，最后重重地摇了摇头。

也就是这次，我才弄明白了知青为什么要把房子建在那里。老人说，那儿地势高呗，那些下乡的知识青年是吃派饭，分到各个村一家轮流吃一顿，他们看到哪个村先冒烟就先到哪个村吃，站得高望得远嘛。我又问当初为什么要把小学定在那儿而不放在山脚。老人说，还不是大队穷呗，连个学校都建不起，还浮夸，我们肚子都饿得肠子贴了胃哟……我于是什么都明白了，而从前我从未想过也更未问过这两个问题，我小时候一直以为小学在哪儿就是哪儿，天经地义的，还有什么可问的呢？现在房子还在那儿，给人住还没有人愿意去呢！

关于小学，就是这些。

|儿时的老歌|

很久后的一天夜里，我突然在北京市想起了小时候曾经教过我们音乐的一个女孩。在浪迹天涯的日子里，当音乐已成为我生活中不可缺少的一部分的时候，这天的夜里我正好听到了洪湖赤卫队里的主题歌《娘的眼泪》，我一下子走入了往事中，歌声把我带回了故乡遥远的童年。我之所以要写她，因为这天夜里我发现，这个教我们唱歌的小女孩，是我小时喜欢的第一个女孩。而那时，我不过六七岁的样子。在这个年龄的男孩喜欢一个女孩，看起来这件事有些可笑，可对于一个生活在贫穷的乡村，见不到任何一点新鲜东西的孩子来说，喜欢一个从城市里来的女孩，这完全可以找到站住脚的理由。因此我一直认为自己早恋，在别的孩子只想有好吃的东西那个年龄里，我便体会到了爱一个女孩是一种多么奇妙的感觉。

女孩到我们乡下纯属偶然，女孩的父亲在城里，而母亲在我们村子里。因此女孩到我们村里来时，我一直觉得她是放了假的时候，女孩很好看，其实说好看，只不过因为城里的女孩总是穿得比乡下好一些罢了。但我们都觉得她好看，而且好看得让我们常常跟在她的后面发呆。我们本来都不曾懂事，在那种受够了大人的打骂和漠不关心的生活中，突然有一个穿得好看而且又会唱歌的女孩，真够我们兴奋一段的。因此，当她走到我们班，当她教我们唱歌时，我们觉得教室好像要被什么东西撑破了。高昂的情绪让每一个小孩的脸上放出红光，当女孩穿着镶着各种各样的花边的裙子走到我们班时，大家啧啧的唇声总是哑过不绝。那时我们毫不知道人应该在现实生活中保持矜持，而是毫无保留地表现出我们的好厌。这让女孩总是把头高高地扬起来，因为她比我们大不了几岁。女孩姓秦，她的名字直到今天我都能随时背诵出，可见这个人在我心头上的确没曾忘记。我记得有一次，女孩因为我发音不准，还用老师的教鞭在我头上轻轻地打了一下。当时我委屈得想哭，而且觉得在大伙面前非常没面子，但后来我不这样想了，我只觉得那根普普通通的棍子，打在我的头上是另外一种感觉。那是一种爱情的感觉。从此，我的眼睛便总是不老实地跟着女孩的身影转，她走到哪里我便移到哪里，以至于那些歌词的内容，无论洪湖的水是怎的浪打浪，也无论娘的眼泪是多么苦，无论一条大河的波浪是如何宽，我一点也不理解，也不想弄明白，但我却知道女孩什么时候换了一条裙子，什么时候对我们笑了一下，什么时候在唱到哪句歌词时重复了几遍，什么时候对我微笑了一下……班里平时不少调皮捣蛋的学生，可在女孩的面前一个个变得是那样听话，好像从来都没有像那时那样坐得那么规矩。

　　天真总是一时一刻的事。那个夏天女孩在我们的生活中只是昙花一现，她在教我们唱了一些歌之后，迅速地回城里去了。按说，我们无非也只是学了几首并不知道内容的歌，可女孩在我们班上的一举一动，在我们面前的一惊一乍，却一直留在了我的脑海里，多少年来都不曾忘记。我后来才知道，女孩之所以跑到乡下来，是因为她在城里的爸爸受到了运动的冲击，后来她爸爸没有什么问题了，她便又回城里读书去了。女孩走时我们班的一个小光头对我说，要是她的爸爸多打倒一段时间多好，那样她可以在我们这里多待一些时间。小光头说这句话时刚好被我们的小学老师听到了，他毫不客气地在小光头的头上重重来了一下子。小光头一边躲避一边哭着跑开了。

　　得知女孩要走的那几天我心里非常难受，那些天我一直有一种想哭的感觉。我从来没有去过城里，大人们说城里离我们很远很远，因此我便产生了一种再也见不到她的痛苦。我敢说，在她教我们唱歌的

那段日子，我一直是一个听话的乖小孩，不再逃学，不再调皮捣蛋，也不再在路上贪玩，我家里的人一再说我变乖了，而我姐姐说我上学积极了。我承认，我就是在那时喜欢上了唱歌的。知道了唱歌还要投入感情……

后来女孩走时，我一直找不出送什么给她好。我们那时很穷，连一个笔记本也买不起，送其他的东西又怕她看不上。于是在走的那天，我说，我们给你唱一首歌吧。女孩答应了。于是我们便唱歌。唱的是她教我们的《一条大河》，我唱着唱着便哭开了，因为我突然发现那条大河是多么多么的宽了，那条河是多么多么难以过了……当她坐上那辆手扶拖拉机向县城的方向走时，我们全班的同学一边跑一边全哭了……

许多年以后，我们翻越了千山万水，流浪了许多城市，甚至到过了女孩从来没有去过的地方，我才发现，无论走到哪里，那些歌声原来是一直都跟着我的，多少年后，新歌曲不断出现，我们也根据自己喜欢唱的歌在不断的选择，可那些老歌，突然有一天涌入耳里，觉得那种美丽不是一般的东西能比的。在歌声中，我便觉得从那时我就开始了自己的第一场初恋。

|一个老头的商业投机与一个少年的读书梦想|

我非常渴望得到那些书。那些书就搁在学校旁边的小卖部的柜台上。

小卖部的那个老头，在我们那里据说算得上是最早富起来的一类。他有时戴着眼镜，有时不戴眼镜，没事的时候也喜欢看书。我每天都要到那里去看书的封面，我口袋里没有钱，只有看书的封面。而我们不买书的话，老头自然是不喜欢我们动它的。

老头也喜欢看书，他看书时如果需要翻页，便把手指放在嘴里抹一下，弄上点痰来翻它。他吸痰翻书的声音至今还响在我的脑里。

我不知道自己为什么偏偏喜欢看那些课本之外的书。因此我成了小卖部的常客。起初几次去时，老头挺热情的，总是要问我，买什么吗？

我的脸红了。我说，不买。

他收回了自己的目光和微笑。我站在那里，看着书的封面，我特别希望柜台里有风，能把那些封面下的纸吹起来，让我一页一页地读。但是小卖部里哪来的风呢？那些书散发着油墨的香味，安安静静地在那里躺着，不语地看着我。

我看了一会儿封面，低下头走了。

但下了课，我又到了那儿，老头又问我，买什么吗？

我还是说不买。老头的微笑和目光又收回去了。以后我再去，他不再问我，代之的是怀疑的目光。好像我总上小卖部是为了要偷他的什么。

我站在柜台边，望着那些书。

老头喝了一口茶说，这些书真好看。

我吮了吮嘴，似乎觉得口里很渴。最后，我鼓起勇气说，你能借我看看吗？

不行！老头回答得挺干脆。老头说，书弄脏了谁还买呢？

老头摘下眼镜，露出一双商人的眼睛。我天真地说，哪你看了它，谁还会买呢？

老头笑了。他说，我自己的店，我进的书，我有权利先看，然后再卖给别人。

老头有些讥笑我。我听出来了。于是我便走了。上了课，我常常走神，总是回想着那些书的封面。多么香的书啊，放在那里，真是太可惜了。

我那时这样想。那时我读初中，对书的欲望超过了对课本的热爱。我总是希望能够飞到大山之外去，我明知这是不可能的。于是我希望自己通过书能飞到山外的那些热闹的人间去，可这也是不可能的。

那些书就成天摆在那里，根本就卖不出去。那时候，我们那里的人分为两拨：一拨是有钱的人，他们买得起书，可很少或从来不读；一拨是没有钱的人，他们大多不识字，即使识得了字，有了想看书的欲望，却又买不起书。

生活在那个地方的那所学校，闻着田野间稻谷与杂草的芳香，我便常常一个人极其失落地坐在田埂上胡思乱想，成了别人眼里一个孤独的孩子。没有书读的世界，让我常常陷入无限的迷茫，看上去非常忧郁。

于是我开始无缘无故地恨那个老头。我并不像今天的人们那样有着仇富的心里恨他有钱，而是恨他把书放在柜台上，明明卖不出去，却不借给别人看。那时，我自尊心强得特别厉害，所以我在恨他的同时再也不到那个小卖部去了。无论人类的心胸进化得如何伟大，你也没法去抑制一个正在成长的少年那莫名其妙的恨意。

而那个老头，生意越做越大，最后做到城里去了。到我们上高中时，他已在城里买了房子，让乡下的人都非常羡慕。

许多年后，我上了大学，成为故乡为数不多的大学生中的一个，因此成了故乡的"名人"。经历了许许多多的世事之后，对于生活中的许多往事，我开始学会淡忘。可有一次，我回故乡探亲，在去乡间的车上，一个老头猛地拍了一下我的肩膀说，你回来了？

我看着这个满头白发的老头，以为他认错人了。没想他说，你这个孩子，我记着哩，当初你总是往我那个小卖部里跑，我还以为你要偷我的书哩。

我想起他来了。时间过得真快，老头变成老老头了。我说，是吗？

他笑了说，我可没少在报纸杂志上看到你发表的作品，没想到你还挺有出息……

我客气地说哪里哪里、过奖过奖之类的话。

他说，嗨，早知你这样有出息，我就是不卖也把那些书借给你看。

我不知道他说的是客套话还是真话。一个商人何曾去理会一个少年的心事与梦想？但我还是礼貌地说了声谢谢。一路上我们谈了许多，但一句也没有记住。

其实我很想对他说，真得感谢他商店柜台上的那些书给我的刺激，正因为买不起，我才如此努力地读书并最终改变了命运。

但是我没好意思说出来。因为我生活在安逸的大城市后，家里的书成山成垛的，可打着"为了生活而忙碌"的幌子，我却很少有时间再来读它们了。

那一刻我忽然感到了羞愧——岁月原来就是这样不知不觉地改造我们的。

|南方开始下雪|

故乡遥隔千里，多年已成回眸之地。

收音机和电视机都在说，南方开始下雪。下雪对于北方司空见惯，但南方的大雪，却把童年的记忆吹得沸沸扬扬。不知神经的细胞，为什么还能存储着久远的碎片，让缥缈的虚无在时光中定格，成为怀念或者温暖。

记忆的雪野里，一个人曾坐在冰冷的太阳下，望天，天不语，却有阳光刺出滚烫的眼泪。而村庄沉睡，没有谁在意过一个乡间孩子的梦想，在雪花中随风飘荡，无始无终。

记忆的雪野里，看到母亲洗菜，一边呵着手，一边讲起生活的艰难。有鸟从空中飞过，扬起树上的积雪，迷惑了我的眼睛。我向往雪野的那边，可那边过了一山还一山，犹如希望，无边无际。

记忆的雪野里，描绘了一个人上山打柴挖树根的情形。漫天的大雪，山野尽白。一个人站在天地之中，除了少年时的恐惧，一锄下去，映山红拔地而出；一镰割下，潮湿而枯干的丝毛，卷成将起的炊烟。再或，一丝愁绪绕过山梁，涌起难言的寂寞。而纷纷扬扬的大雪，打湿了生活的表面，无影无踪。

记忆的雪野里，走过田野时的悲凉。一汪又一汪的稻田，此时在寒风中哆嗦。丰收一茬又一茬，失望一回又一回。父亲从村庄的那头走来，他的篮子里空空的，除了雪花挂在他的眼角，对于年关的猪肉或者糖果，他什么也不曾赊到，令人无法言语。

记忆的雪野里，是漂泊路上的黑夜。看到透过光亮的窗户，想象着一些美好而温暖的事情，关于家庭，关于幸福，甚至关于爱情……但风太冷，雪太白，夜太暗，一切都是年轻的乌托邦，无法兑现。

记忆的雪野里，也曾是新疆漫山遍野皆白色的戈壁，广袤的天地，无限的激情，曾在风里雪里一路狂奔，人有泪，天知否？穿越过无限的山川，抵达过无数个营地，天边仍是一轮清月，把雪野照得通体透明。我付情，我付爱，我付青春，却也在雪花纷飞的异地，让热泪流淌，无声无息。

记忆的雪野里，也曾是西藏高原上那巨大的冰川，我看到年轻的脸庞，不知道名字的士兵，抒写人间最真诚的奉献。当车队越过昆仑，越过可可西里，在遮天盖日的雪花中，我看到一群又一群的牦牛，还有一群又一群的羊，出入在雪地之上。面对那满面黑色衣衫褴褛却高歌奔走的牧民，我心生羞愧，无地自容。

记忆的雪野里，是我此刻，坐在城市温暖如春的屋中，想回过去却又不愿过去的心情。中年将至，仍不知到哪里找寻心灵的归宿。窗外，是过年回家的人流汹涌，我听到一声低深的呼唤掠过城市，惊得树梢上的积雪，忧伤地从空中飘下，飘扬的姿态美艳惊人，无与伦比。

|作鸟兽散|

人的一生，有许许多多的相聚，亦有许许多多的别离。

许许多多的别离，在人生的旅程里，永远难以忘记。

我最初的告别，是当年别了初中的那一帮同学。那时，我们在乡村虚构着人生的乌托邦般的理想。从一个破落的学校到另一个破落的上课地，我们在班主任的带领下，渐渐走上人生的另一面。在丰富了知识的同时，我们亦在春夏秋冬中，结下深厚的友谊。贫穷的乡间生活，以及读书带来的压力，让我们团结得很紧很紧。

那时，我们多愁善感，为每一个寒假和暑假的到来而依依不舍。特别是到了毕业的那一年，我们高声歌唱，悲伤地告别。在前途都已化作虚无之后，我们更是惦念着在乡村之外的另一个乡村，某某同学生活在哪里。我们有着同甘共苦的经历，也有着小有收获的喜悦，还有朦胧的情感。最后，随着一场考试的结束，一切便让少年之梦变得遥遥。那个夏天，我在等待考试结果的同时，还在写一部关于中学生自杀的长篇小说。在那部没写完的小说里，当主人公一步步走向河水时，我想起了与某某一起挑石头卖的夏季，想起了思念某某时觉得光阴的漫长和天地的无奈，想起了某某曾在月下的散步，想起了某某在自习时的交流，想起了某某的雄心壮志，想起了某某的亲密无间，想起了某某电光火石般的对碰。然而，随着我们人生的各自落幕，一切作鸟兽散。我们挚爱的班主任最后从一个教改先行者骤然沉默，而某某和某某从此只是书信中的一个文字，只是一段歌声中的一个音符，只是思念中的一个影子，只是越过了乡村之后，看到的一回辛酸往

事。多少年后，一起挑石头的某某因车祸去世，思念过的某某远嫁他乡，散步谈天的某某大学毕业后逃离故土，自习时交流的某某虽仍在故里，却已是多年杳无音讯，雄心壮志的某某曾辉煌一时最终不知所终，亲密无间的好友一个家族几代人都死于肝癌，还有电光火石般的某某抑或某某，今天却叫不出名字……

最后，我们都在逃离，只不过方式不同。包括教会我们要有梦想的最后却落寞无边的班主任。

后来，我又去了另外的地方，认识了另一群人。同样的理想，同样的贫困，同样的无奈……我们依是旧同学情深，依旧是甘苦与共，依旧是乡情浓郁。至今，这群人中除了少数几个与我仍有往来，其他的都不知所终。哪怕曾同桌过，同床共枕谈天过，同一个碗筷用过，天地之大，却音讯了了。而有相同理想的，有的仍在故里，或经商，或教书，或行医，或机关，大都身居小城，功成名就，心有所属，家庭幸福；有的流落在别的城市，从事其他职业，偶有小聚，相互关照；也有奔波千里，少回故里的异乡之客。值得珍惜的是，这些人即使关山阻隔，多年不见，而一见面，仍似当年亲切，仍像当年一样儿女情长，仍是当年一般激情相拥。我们是血肉相连的兄弟，即使时光走远，亦并不妨碍我们的心息相通。万里乡愁，此时只不过是"遥想当年，小乔初嫁了，雄姿英发"，无论你曾爱过恨过，无论你有冤有屈，多年相见欢后，一切如烟飘散。

及至新疆西藏，那些同行的战友，经过岁月的沧桑，多数如棋散落四方。能记得音容，能想起笑貌，却听不见声音。大抵生活的重担，已使共闯天山、同越阿里、齐翻昆仑的记忆，永远成为昨日。那飘扬的大雪，那飘香的狗肉，那飘起的黄沙，那没完没了的风声，那缺氧的经历，只是一个人在闲了的时光，独自饮酌。三年之久的大漠风沙，西域高原，后来成为梦境，仿佛主人公不再是自己。而偶尔有声音通过电波穿过城市，让我在城市的人群中戛然而止。泪水，有时就在刹那间奔涌而出，害怕别人看见，我装作眼中吹进了沙子。而那车群越过高原的雄壮，那歌声刺破天穹的寂寞，仍让我想起天边的那群男子汉们，想起我一介书生，与他们同踢正步，同举红旗，同步长途奔袭的日子。那些日子，常常下雪。因此，雪地便丰富了记忆的土壤，让我看到了昔日在雪野里奔跑的孤单。

终于有一天，我在前面那几拨大学毕业的时候，挤进城市上大学。学校的男人们，从各个战区、各个部队精挑细选而来，从此我们便拼了心智，想要一个好的前程。我们开始像城市里的人们那样，不再单纯，不再幻想，一切全是活生生的现实。然而一个奇怪的现象如此发生：今天我们交往最多的，便是这群人。我们生活得现实，比较得疯狂，我们迷失了理想，又紧跟脚下的土地。一切开花结果，不再以激情开始，而是以实际结束。我们的生活似乎变得越来越好，看上去好像兴旺发达，但我们清楚明白，面对城市的柴米油盐，我们的生活也变得愈来愈平庸下去。终于，我们成为这个城市里普通的大多数。没事时，我们不联系，亦很少相聚；而一旦有事时，我们如惊弓之鸟，翻遍电话号码，想要找出这个城市甚至全中国人与人之间千丝万缕的关系，好让一切令人烦恼的世事，变得一路无阻和格外畅通。我们看上去得心应手，其实仍是作兽鸟散的一群。逻辑经不起推敲，文章经不住修饰，品质经不了检验，你好与不好，都是命运中注定的一环。无所谓逃，亦逃不了；无所谓爱，亦爱不起。我们在各自家庭环绕的所谓爱的名义下，从此像所有的人那样平凡地生活，并且自以为成熟，自以为获得了人生的真谛。其实夜深人静，如果还有自省能力，我们便会看到，原来今天生活的我们，有多少人在做着自欺欺人的把戏。而这些戏，看上去比真实更加逼真！

一颗种子种下，必定可能结出一种果实。一种爱心植下，必定可能收获一种安慰。来来去去，多少人经过你的身边，多少人相臂交错，只有少数树可能成活，只有少数故事仍在流传，只有保守秘密才能让人长久，只有一个人可能跟你一辈子，既然如许，作鸟兽散有何不可？泛爱不如挚爱，常恨不如不恨，相见不如怀念，千年来弄明白了的，又何必在佛缘尽过之后，执着地再去回头？一切放下，也许就是立地成佛，让你找到心安的家园。过去的那些朋友们，我愿一切美丽的花，都开在身边经过女人的脸上；我愿一切结实的果，都长在男人坚硬的胸膛。

|我曾偶被异地夜里的钟声惊醒|

钟声是在午夜里响起来的。午夜的钟声常常容易把人从梦中惊醒。因而那个夜里，在异乡的我便被这钟声唤醒了。

钟声在子夜里非常清脆，有力。

那一夜，我便想了许多问题，今生来世，过去将来，自己别人。

我奇怪我为什么会在异地才想这些问题。

那是一个小型的城市，那时城市的灯火很少，很是安静。安静的夜里突然加入了钟声，这个夜便变得如此的丰富。

我想的问题也非常老式和简单：我为什么非要来这里？我到这里来干什么？

还有一个老掉牙的问题是：我是谁？

我忽然害怕与紧张起来了。时光匆匆，我竟然已越过了三十的关口，直奔四十的主题而去了。

在此之前，我生活在另外的一个大城市。那个城市大得让我们喘

不过气，为了生活，我始终在奔波，为老婆，为孩子，为家庭，也为自己和另外一些人。

我从床上爬起来，站在窗前。屋外的清辉，吐出温柔的气息，包围了整个大地。

我禁不住打开窗户，深深地吸了一口气，一下子心旷神怡，豁然开朗。

我想，我真的好长时间没有想过身外的什么，没有时间望望夜空，没有功夫去亲近人工种植的绿地，没有用目光去亲吻老人和孩子。没有注意老人们脸上的平和与安详，孩子们脸上的单纯与欢笑。

我们常常以生活的种种借口，把这些忽略了。

我们总是爱关注时尚，关注那些已然成功的人士，以及那些声名日隆的广大公众，关注触眼可即的财富与物质。

那个城市没有小城这么大的钟声，即使有，也被人流与车辆淹没得无声无息。

而今夜，小城的钟声响起来时，我意识到：我活着，是一个活人。

以往我在自己的城市里奔波时，没有想过为什么，一路走过，一直经历，一以贯之。

而现在，我是一路忏悔。

我问自己，为什么在异乡的夜里，我才会想到这些？

我后来迅速找到了答案：当我回到自己的城市里，回到我的固定的那个坐标上，我很快就又会忘掉这些，忘掉这个小城的不眠之夜。

我于是明白，这，就是我们为什么时常平平庸庸的原因。

于是，我躺下来，躺在别人的小城里，翻越经年的往事，我突然听到内心深处的一声叹息。在那寂静的夜里，我听着海浪卷起的涛声。涛声沁入心灵，让我们想起那些悠长的往事。往事总像是虫子，它无孔不入，钻入我们苍白的梦中，让我们看到，过往的一切，原来我们真的那样走过。

我想起某一张图片，某一个特定的时刻。时刻静止在小城里，静止在大街上。那年黑色的七月，抖落了多少青春的眼泪。我们几个人，走在小城的街巷中，竟然不知道，毕业了我们会往何方去。我们也不知道，那会是我们的最后一别。因为历经多年后我再归来，与你们许多人都失去了联系。即使偶尔联系，也开始渐渐有些陌生。我感觉，其实我没变，你们也没变，但变了的到底是什么？到底是什么让我们在有可能相遇的时刻，却选择了沉默不语，并且最终在我们当初站过的地方，回望一阵，感慨一阵，却又惆怅地离开？时光，把一些旧事撒在小城中，让人再回首仍历历在目，而岁月，却把许多故人分布到各个不同的位置，即使相逢，我们也仅是改变的人生。

　　青春太残酷。一刹那我这样想。我只能这样想。想象这条大街上，看到某个人从那头走过的影子。那是青春的影子。青春很苍白，因为看不到前途。因为我们的整个青春，就是为了所谓的前途。最后，我们天各一方，就是为了寻找一个活得更好的梦，为了打破生来便罩在我们头上的枷锁。为什么我们不能像银杏树那样，生来便是植物的贵族？我们只能离开父母，去远行，去远方寻找证明。那年七月的影子，在故乡小城是如此狰狞，而我们的誓言，当初又是那样的恐怖！

　　多少封温情的信啊，横隔在千里万里的时空，定期飞来告诉彼此的消息。我们的思想仍在交集，仍在交碰。即使我们面临着种种失败，我们仍然相信，前面一定会有一条适合我们的路在等着，一定会有一个适合自己的人在等着。或许，那条路遥遥无期，或许，那个人根本就不可能存在。但我们相信。因为我们年轻，所以我们热烈而狂热地相信。不像我们现在，我们信些什么？什么又值得我们相信？我们有了固定的生活圈子，有了固定的生活模式，有了不可改变的人生轨迹。我们打个电话便可以听到声音，发个短信便可以触摸对方的心事，通过视频便可以看到对方的面容，而那些横隔在空间与时间中的神秘感、神圣感，都已消失殆尽。我们不再谈那些虚无的却令我们光芒万丈或者愁肠郁结的理想，我们只是客套地问起各自的人生，一切碧波如洗，风平浪静，仿佛不是在问候一个人而是在与一株植物交谈，我们甚至因为怕干扰彼此的生活，匆匆便挂断联系。因为历经了岁月风雨，我们身边已站着另外一些完全不同的人。他们或者她们，不曾像我们青春时经历那些残酷与苍白，也不曾像我们过去那样在乡村的小道上清唱，更不曾像我们拔剑四顾皆茫然那样无助。而他们和她们却从此长久地占据了我们的人生，让我们的生活重心从此转移。我们拥有了物质世界无比丰富的现在，但那些更加丰富的思想，它流浪到了哪里？被我们甩到了何处？那些激越而贫穷和无望的岁月啊，你曾怎样丰富了我们过去的生活，让我在今天，还想唱那些哪怕明天便不再醒来的挽歌！

那时，我是如此独特。我说有一天，我要去看海，去看面朝大海春暖花开的日子。同学们笑我是痴人说梦。于是我一个人孤独地行走在校园后的那条路上，我一个人常常对着不知流向何方的河水，高唱着我内心的梦想与深入骨髓的忧伤。直到黑色的七月终于降临，直到，我在一个雨夜离开了所有的你们。我要寻找的到底是什么？是黑夜的光，还是光的黑夜？是雨后的阳光，还是阳光的雨后？不知道。我只是一个人在深夜离开，向着广袤的大地进发。我甚至不知道，有一天，我还能在那样的一个时刻真的活着归来。那时，时光已经将我们切开，我们各自的人生之路，其实才刚刚开始。那时的时光没有今天的科技，今天的科技让世界变得很小，让我们每个人离得很近。而那时，汽车没有换代，火车没有提速，电话还没普及，手机更不会像今天的白菜一般流行，我们在山川与河流中隔开，谁也不知道，谁在什么地方，经历了什么样的人生，打上了怎样的烙印。

终于，在超越了无数音速的人生路后，我们找到所想，找到所爱，找到所归。但是，我们却突然在找到的时候，感觉自己失去了梦！那曾经是多么美好的梦啊，让我们在起程时充满期待与虚幻，但当我们得到之后，在品味得到路上的种种奋斗与艰辛时，却无法再回到青春，无法回到我们的从前。我们从前可以并肩前行，可以同居一隅，亦可以共食一饭，但今天飞速的世界，却把我们散落在东南西北，平时不相聚，相见又无言！

再后来，我的人生终于踏上漂泊的旅途，我真的履行了诺言，曾无数次去看海：北方的大连，次北的青岛，东南的舟山，南边的北海，最南的三亚……每次我一个人走在海边，听着海浪声声，涛声阵阵，我想起在同学们中间凭空说出的那些誓言，虽然这些痴人诳语，终于在有一天得到实现，但我仍然后悔当初轻易地许诺，后悔那时少年意气的海口！其实，我只是一个曾有过梦想的平常人，不像今天你们这样看和这样想的我。我仍然像当初那样充满矛盾与纠结，不希望经行的岁月，把我们从青春时代便彻底分开。我有时到过你们生活的城市，但我沉默；有时，我也经过你们生活的地方，但我沉默。我只是一个劲的矛盾，不知道该如何面对那些记忆，以及记忆中一个个鲜活无比的你们！是的，即使我看到了大海，仍未有海纳百川的胸怀；即使我越过了种种高山，仍未拥有神灵的顿悟。啊，那些曾在我生命中出现并与我同行过的朋友们，我生活在北方的大城市，一个被人称作首都的地方，我只是大街上那普普通通的一个，柴米油盐，酸甜苦辣，我和每个人一样，奔波忙碌，被世俗驱赶着飞奔，并且不知所往和不知所终。

在寂静的夜里，当钟声敲响我心中的大海，我于是明白：只要年轻时真正地努力奋斗过，人生就没有后悔回头的理由。人生若无悔，想必亦无味。

|为了完美的相逢抑或相别|

那个下午的窗外，风声阵阵，纸片四处飞扬。

那时热闹已过，气息飘荡，人已尽散，故事将熄。繁忙的工作暂时却别，曾经的熟悉转瞬陌生，烦躁的情绪静止得像窗台上的那盆兰花，无论她怎样张开了翅膀，但花期已过。

我明白，这不是一个收获的季节。季节总是像河流一样陌生。又仿如人与人之间的隔膜，在笑容将别之后，一切又若冬天蛰伏，不起波澜，只留惆怅，再惆怅。

而你们，却永远存在于我的现在进行时。

不是吗？那些久往的故事，至今一切历历在目。许多美好的往事，即隔多年亦成回忆。许许多多的人，从脑中走过，有些人轻盈，有些人厚重。而我们，仅是一段路上的同行者，终究，大家还是分开，那种由陌生到熟悉，再回至别离，隔岸滋味，的确曾令人惆怅，再惆怅。但多少人啊，我要感谢你们，是你们丰富了我的生活，让我的记忆充盈，再充满。无论是爱过还是恨过，在一刹那，因为你们的出现与存在，一切都已成永恒。

时光在继续，我们在老去。曾经同床而卧的兄弟，甚至再也听不到你们的一句言语；曾经同窗共读的姐妹，甚至再也看不到你们的一丝容颜。曾经生死与共的战友，早就散落在四方，音讯全无；曾经互相温暖的朋友，还有几个在身边同行！

但我要感谢，那些在路上帮过我们的人，哪怕你们当初只是给予我一滴水，伸给我一只手，赐予我一个微笑，便倏忽不见，但你们的温暖，经过了岁月的磨砺，至于还藏在我的心头，不离，不弃。

很想对你们说声感谢，即使你们未必听见；很想重新再与你们走过，虽然这已成为奢望。很想与你们化解矛盾，即使是很小很细微的东西，今生化不开，明世何时能又相逢！很想与你们消弭仇恨，虽然也并非多大的事情，但今生不解开，他世何能又再相见！

我伤过的人，不请你们原谅，因为静坐时我心头肯定自责了千次；我爱过的人，不望你们后悔，因为我做得肯定不够，终于没有早点与你们相逢。而今世，我还只能拥有一个，有多少个，还得藏在心头，最后无声地带走。

我突然想起你们，不是因为我寂寞，而是因为我心头充满歉疚。

我欠疚，与你们在一起的时候，没有学会从相见便懂得珍惜；我歉疚，与你们相逢的时候，我因为自卑与害羞，没敢道出一个爱字；我歉疚，那些爱我的人，我做得很不够，甚至还伤过你们的心；我同样歉疚，相处时我可以做得更好，但有时我没有尽到全力……为此，我时时在静坐时警惕地忏悔。

西方的忏悔，可以到教堂去洗却心中的罪恶。而我的忏悔，只能面对心中的神，用良心来付诸一行行庄重的汉字。我其实热爱每一个与我相逢的人，热爱这每一行漂亮的文字，但我只是一横，或者一撇，力量很小，构不成整个汉字的骨架。因此，你要原谅我的小，我的弱，我的苍白。

多少次，我在夜里这样想着轮回。希望你梦醒的时候，读到我的文字，会感到温暖，会觉得被人惦念的幸福。

于是我想起这样一个场景：儿子远行，盼归的母亲在村头望了一秋又一秋，最终，儿子归来，秋风零落，望归的人眨眼不见。只见风，吹起一堆堆黄叶，在空中翻舞。任尔愁肠百结，心如刀绞，又何见亲人再伴身边？一切都是浮云，最真的爱，已不在尘世。黄云为我悲，秋风为我旋。思亲原不得，阴阳一线牵。

我又想起许多人，许多曾激越地穿过生活，在平静的湖面上激起千层巨浪，最终落花流水，不知归处。而当时的丝丝缕缕，穿云乱石，糊涂心情，爱意情仇，都烟消云散，灰飞烟灭。怎记得，执手无语噎，心心本相通，气息早相闻，却最终见：秋过平阳，涛越大江，一切美好，已稍纵即逝，不复再还。

我还想起许多承诺，起时山盟，落时海誓。任你信誓旦旦，哪怕肌肤相亲，却最终月上三更，人行陌路，怎见得来时去路，风仍是风，雨还是雨，是否曾真的置身其中？犹疑过去繁华似梦。你来，你往，都是往事声中，故事了无痕；你信，你爱，最终一阵花落去。

想起许多同行者，理想、年轻、激越，同心协力、同甘共苦，同工同酬，打拼、奋斗、互助，却看今时，早已同球而非同道，同工而已异曲，同苦而非同乐。更有多人，早已踪影全无，不知今夕是何年，日暮归何处。只落得，看你照片，笑容依旧，却是从前；想你旧事，点点滴滴，才下眉头，却上心头。催离的汽笛、轰鸣的机声，你又为了何事，再行何处？名利飘行一阵子，江湖夜雨十年灯。

想起许多亲人，曾血脉相依，血性相通，血气相激，最终却亲情四散，有的背井离乡，有的孤独一人老死故乡，有的深怀理想四海漂泊，有的坟头已见蒿草，有的嗷嗷待哺却未见亲娘。想少年时，屋下茅台，怡然自乐；糟糠之食，不亦乐乎。而如今，虽酒肉飘香，却不过穿肠；虽锦衣华盖，却不过灵魂飘荡。你爱，你恨，你苦，你乐，谁知谁晓？却真是少小离乡去，大地白茫茫！

还有一路同行但已多日不见的你及你们，是否依然送人玫瑰，手有余香？

我于是认真想想从少年起走过的一些路，关于相识、相知到误解和沉默，许多人就那样从身边或者身旁走过去了。

我知道，有时候，一切的相逢便注定了机缘。许多事，并非人所能左右。所有好的起因，并不一定能够有一个好的结局。

许多人已离开了我们，去了另外一世界。那个我们不曾知道的世界，不知有时会不会像我们相遇时的冰冷。

知道了这一点后，我会尽量给予你们每个人温暖，尽我所能。我也就这些能量。但我会全心，毫不犹豫，毫不保留。请相信。

这茫茫的尘世，决定了许多人的命，在茫茫的人海中成为一粟。

而一粟的我们，生活却是那样波澜壮阔，是那样连绵起伏。

我遇到你们，是我的幸运。

我始终这样认为，这样想，这样看。

我离开你们，或者你们离开我，是你们的幸运。

因此，无论最后你们怎样，只要你们都过得好，我都不怪你们。只怪自己的力量太小，有时撑不起整个天空的重量。只怪自己的能量太小，有时不能满足所有与我相逢人提出的各种各样的希望与需求。与热热闹闹轰轰烈烈的人生相比，我们更像是太阳或月亮边上的小星星，努力挣扎，闪着一丝光亮。有人有时能够看见，更多的人，根本看不见或者视而不见。

我是一个平凡的人，很平凡。我始终这样认为，这样看。

但是我们的相遇、相识、相知甚至于相爱，一点也不平凡。这是命中的上帝，要在我们的路途，设置一些东西来考验我们的心智、良心与定力，最后当我们抵达，我们会看到，有时我们智慧，有时我们愚蠢，有时我们理智，但有些我们又感性得一塌糊涂。

我有时在问自己，你后悔过了吗？后悔遇到的每一个人了吗？

最终的回答，是不后悔。因为我遇到的一切，都是一个世界，看了这些个世界，我便也认清了我自己。

我自己是平凡的。这便是全部的真相。

而你们，后悔遇上我了吗？

也许，有过。肯定有过的。因为，我有时自卑，有时又自傲，有时温柔，但有时粗鲁。我还有时固执，或者有时有些脾气。如果我伤

害过你们，请原谅，我真的不是故意的。如果我无意中伤害你们，那我也不是有意的。

我在人海中游走，自然有我许多的不足。这使我格外珍惜与你们每个人的相遇，以及，从你们身上学到的那些东西。好的东西，我会带着，并且记住；不好的东西，我也许会思考，也许会忘记。当然，也不排除，我内心有时闪过的轻蔑。我为这种轻蔑而后悔。因为我有时心胸不够豁达。

与相遇或相逢相比，我更喜欢错过。

错过，有时是一件美好的事情。相遇或相知，如果记忆里全是温暖，那是一种难得的幸福。但我们身上缺点太多，因此相逢未必全是美丽。

那些不美丽的东西，划破了我们对相逢的渴望。

因此，错过，有时会是一种美好的回忆，或者感慨。

错过了，我们看上去，全是另一种完美。

完善的东西，值得珍惜。在生活的深处，在我们从红尘中静下来，想想有一件东西，有一些情感，有一些人，还值得我们怀念，值得我们回想，值得我们记忆，值得我们思索，在错过的那种淡淡惆怅中，该是多么美丽！

与年轻时宁可包揽三千，也不错过一个相比，今天的我，宁可错过千年的缘分，也不愿相知的心受到一点伤害，更别说是失望了。因为我们都有缺点，这会冲淡相逢与相遇的喜悦。相见不如怀念，何须偿如初见？

我曾遥想，在一个海边安静的深堡里，天长日久，我会想些什么？

我无休止地怀念那些从我生命或者身边走过或者穿过的人们，我甚至还能记起相逢时的一个微笑，一个皱眉，一个细节，甚至于一句声音的味道。飘落在空气中的那些记忆，曾怎样丰富了我的生活，让我从一个傻小子，知道世上还有这样的幸福！

当然，也有一些相逢，最后造成我的不快。但很短，都过去了。与谁也没有深仇大恨，如果一切从爱出发，那么，有时过错也是一种美好。

　　今天，我却愿一切错过。这是因为，我已累，特别是我看到你们中间的一些人来来去去，对相逢的过去满不在乎，我便感觉到了心底的隐痛。

　　你记住了我们握手的那一刻吗？记住了我们年轻时交谈的那一瞬吗？你记住了我们拥抱时的温暖吗？你记住了我们道别时的感伤了吗？

　　如果你记不住，我相信，你的相逢太多太多了。你可能记不起相逢人群中那一个普普通通的我，记不住那曾经共处的一刻，但我，当时却以为你是我的全部，把你当成了我的整个世界。

　　这就是一个平凡的人，与不平凡的你，关于往事的区别所在。

　　所以，我还是宁愿相逢时错过，别让平凡的我，陷入太深。也别让平凡的我，从此会深溺于孤独。

　　当然，说完全错过，也是不对的。我甚至还希望与你们中的一些人，再次相逢。

　　这是一个平凡人的矛盾。无论你们中间有谁，曾怎样冷落过我，怎样离开过我，怎样不屑于我，我都不怪。因为，作为一个平凡人，我对你们不平凡的气质，有时产生迷恋。

　　年轻时，我过多地漂泊于江湖，因此情感的依赖，或许更深。

　　年轻时，我曾为每一次的别离撕心裂肺，为每一次的道别痛不欲生，为每一回的远离失魂落魄。但现在，我不了，我知道，没有别离与分开的常态，何曾又会珍惜相聚的时刻？

　　总有一天，我们都会离开，离开你，离开这个世界。而多少关于我的故事，关于我们各自的人生，从此寂寞于江湖，谁也不知道，我们在相逢时刻，有过怎样一刹那的惊心动魄！

　　现在，一切散淡了。像年轻时读到的那句诗一样，恺撒的物终归

恺撒，上帝的物终归上帝。

那时，我们见花泪落，睹物伤情。现在，我们不了。我们知道，一切从兴到荣，是世间常态；一切从聚到散，是人生的幕落。

我之所以现在还在乎，是因为我过去曾经，包括一直到现在，我比你或者你们更深地爱过。爱过这个世界，爱过从身边走过的相遇过的你与你们。

我不后悔。

我希望你和你们也不后悔。

我有过不好的情绪，也有过并不完美的过去，还有过不太幸福的童年与少年，同样有过奋斗并偏激的青春时代。这对我的成长，多少有些不利影响。但请相信，我是通过多年的不懈努力后，才与你和你们有相遇的机会。如果没有这种努力，我只会一辈子在深山，像父辈那样做一个默默无闻而又不被你们所知的农民。无论贫富贵贱，我会在那里终老一生。所以当我通过努力，有机会出现在你和你们面前时，还是希望自己尽量完美一些，完善一些。至少我心里还有这样想法，因为我知道自己不够好，所以也虚荣，也遮掩，也自卑。而这全部的目的，是为了给你和你们留下美好。

我希望相逢美好。希望相知美好。希望相和美好。希望相别美好。

我有过迷失，有过错误，有过忏悔，有过反省。那都是因为我不够完美。我知道这种东西在我体内有时一辈子也改变不了，但我还是想改变它们，因为既然没有与你们交臂错过，就必须为了能与你们有着完美的相逢，还有完美的结局。

我的一生，前面的路很曲折，后面的路很平凡。我甚至可以看到或想见未来的模样，因此，我甘于在此，做一个驻足路上的匆匆行者。我或许看到了你，或许忽视了你，请相信，那一切都是缘分。我们的一生，就这样坦然接受各种命运的交碰，既不刻意强求，也不怨天尤人，还是选择万物生长的季节那种顺其自然的交替。千年甚至于百年十年之后，没有谁知道我，同样也许没有人还会想起你和你们。既然如此，我们任由时光逝去，任由心灵自由地驰骋与呼吸。

|想起申奥成功的那个夜晚|

呼唤了七年之久的奥运，终于在北京上演了。单位的北边就是篮球赛场馆，每天坐在家里，都可以听到巨大的欢呼声传来。躺在沙发上，守候在电视机前，并没觉得自己就在北京生活，奥运的资讯，还是从电视上看到的，与外地没有两样。

同样别无二致的，还有自己一个人在家为奥运健儿们拿到金牌而激动的热泪，为队员的失误而顿足长叹。

有一天夜里，突然想起了申奥那天的事来。

那天晚上，我们在中央电视台直播现场。那天由我们单位的女兵接听全国观众的电话，我和几位领导充当领队，在乱哄哄中走入中央台。

在台里，四处可以见到如云的美女。一位同事说，全国漂亮的女孩子都跑到中央台了。另一位同事说，名利场没有这些美女，便不叫名利场。其实，哪里一年四季都有美女出入，把中国大地搅得不得安宁——多少官员与有钱人的落马，就是从她们身上开始的。

在进场的第二道门边，我看到在入场处，可能没有带票，跳水冠军伏明霞，被门卫拦住了。我一位湖南的同事说："让她进去吧，她是伏明霞。"那个门卫不知道谁是伏明霞，坚持不让她进去。可能是灯光的缘故，同事觉得伏明霞好像没有电视上那样漂亮。的确，看

上去生活中的她，就是一邻家小姑娘，带着耳机听歌，露出浅浅的微笑，不过已相当的美丽了。我对门卫说："她们是你们台请来的客人，让她进去吧。"门卫还是不让，最后，伏明霞说没关系，一会儿有人来领她进去。我抬头，看到歌手陈明正在上面一层化妆。

我们进去坐定后，我发现，身边全是明星与名人。中央台的主持人，像李修平、罗京、张宏民等人，就坐在我们身后。我坐第三排，前面正是后来闹得沸沸扬扬的"赵大叔"赵忠祥——如果后来我发现转播过程中他挡住了我的镜头，绝对要换位置——年轻时，不就图个显摆呗。他的身边，就是带着几个保镖入场的张俊以——当时在中国也是红得不得了的人物。看上去，甩着长发的张俊以很风光，很大哥大。那时，中央台经常把大型活动中台下最好的位置留给他。

那天，我的一位同事聪明，他特地穿了一身军装，结果那夜最显眼的就是他了——就那么几个穿军装的。他后来对我说："如果申奥成功，肯定要照军人的镜头。"结果那夜他成了明星，还没出场便不停地接到全国各地打来的电话，乐得他眉开眼笑。

那时我看着热闹的人群，才突然想到，如果申奥不成功，晚会是不是要取消呢？导播反复强调，大家拍掌要热情——这样提前录掌声的事，在中央台是常事。后来我们去看过多次节目，往往便被要求在没开始之前就要使劲地鼓掌，于是我再也不去看现场了。看到许许多多的演员都在台后，过道里全是化妆的女孩与女人，惹得入场的观众流连往返。

在漫长的等待之后，我们终于从大屏幕上看到了中国的胜利。我听到耳边中央台的节目主持人，具体是谁我记不清了，发出了一阵又一阵的尖叫。我回头望去，除了李修平温柔地笑，其他各台的节目主持人，几乎所有的都在狂叫。很难想象，这些平时在电视台上一个个正襟危坐的大名人啊，在那一刻居然表现得如此疯狂。我当时觉得他们真的很爱国。

这时，大幕拉起后，就是一场热舞。首先是叶凡唱歌——好像与奥运开幕式上那个小女孩唱一样的歌。原来，叶凡就在我身边坐着。在大家欢呼胜利的那一刻，我记不清我们是握了一下手还是拥抱了一下。当时大家认识与不认识的，都相互拥抱，如果当时那个年代我还害羞，那就应该是握手——因为那时候，我还是光棍一个。不像结婚之后才明白，喜欢一个人时完全可以告诉她，并且在可能的前提下拥抱一下。以往我对叶凡唱歌并不关注，过了那天晚上后，只要我在电视里看到她，便要锁定她的歌声，觉得她唱功真好，非常好；觉得她人漂亮，非常漂亮。

　　晚会自然是热闹的。电视上的名人，几乎都跑到了现场，一次看了个够——可惜那天不让带相机，不然要照多少人啊，这些人当今还不少在台上红着呢。不过，聊以自慰的是，那天的《北京晚报》上登了一幅现场照片，在"赵大叔"之后，我看到了自己的影子——当然也只有自己知道那是自己了。

　　以后，时光慢慢老了。我们头上的头发也开始慢慢地掉了。许多人都退出名利场，终于相忘于江湖——歌唱得好但始终不是大红大紫的叶凡好久没露面了，声音好听的赵大叔被人"潜规则"可能在家郁闷，才华横溢的张俊以被抓了（他帮助的那些孤儿不知后来有人接上茬没有），我暗恋多年的偶像伏明霞，跑到香港去嫁给了一个全国人民当时并不看好的老男人，很快做了母亲生活得相当幸福……而我那天晚上同行的三个战友中，有两个转了业，都流落到广阔的人群中去了。光阴似箭，我们也在各自人生的路上，磕磕绊绊地走了近七年的时光，恋爱、结婚、生孩子——如今他看着电视，也能说出哪个运动员"表现"得好，哪个"表现"得差了。对面原是餐馆林立的房子，常常是人群拥挤，而在七年之中，我们眼睁睁地看到它逐渐被改成了雄伟体育馆——有位同事说，只要有钱，没有办不成的事。虽然我不以为然，但看到对面一天天的变化，让人感到时光的利剑，真是厉害

无比啊。

那天晚上，电视台直播了全场演出后，我们出得台来走在长安街上，四处可以听到人群的欢呼。开着车的人，都在车上贴着国旗，有的小孩子，还把头伸出天窗，在大街上甩着衣服狂叫。似乎那一夜的喜悦，全是中国人民。以至于今天我看了张艺谋的开幕式，觉得他虽然将中国的传统文化表现得很好，但缺乏反映改革开放以来的巨大成就。虽然我也是当今基金与股市的受害人之一，但毕竟，中国元素变化的日新月异，大家还是有目共睹的。张导的开幕式，虽然用到了现代的高科技，但还是缺乏现代特别是当代中国的现实气息。至少那一天晚上，我没有想到自己日后也能开上私家车，像个市民一样汇入北京的人流里。虽然我一直觉得自己只是个北京的边缘人，但我五岁的儿子却一再宣称：他是北京人……

无论气象万千气壮山河，还是鸡毛蒜皮鸡零狗碎，总之奥运会在高度的戒备与安保中开始了。曾经一起参加抗震救灾，在前线生死与共的多位战友，回来又接着参加了奥运的保障队伍中。我坐在家中写他们关于抗震救灾的书，他们给我发短信说自己也进不了场馆，只在外面候着。我安慰他们说："你们比我老婆好多了，她是警察，全天候在街道上盯着可疑分子，比你们累多了。"

说完，我心里也窃喜，老婆值班，意味着不用回家和我抢电视频道，我可以安然而孤独地坐在家中，想看什么就看什么。再说，自己少到大街上添乱，多为运动员鼓掌，也算是为奥运的一场盛宴作点贡献吧。

|班 主 任|

我已经有近十年没有见到我的班主任了。但无论走到哪里，无论发表了多少作品，我对初中的班主任始终没有忘记。所以然者，我认为今天能够走上作家之路，并且在北京这样的大都市里以文字谋生，不说是班主任的功劳，至少受到他很大的影响。

我的班主任姓耿，一个可以把字典和词典从头到尾背下来的人。我不知道现在有多少教国文的老师能够把这两本工具书背下来，但当时他这样做了；我也不知道有多少国文老师能把枯乏的语文课讲得让学生爱听，但他做到了。

我上初中的时候，语文成绩也只一般。但耿老师当了班主任后，他那灵活的教学方法，把我们吸引住了。他常常是不拘泥于课本，对我们讲起范文的背景以及文章之后的种种故事。他常常把那些闻所未闻的事讲得妙趣横生。我们不知道在大山之外，还有那样一个丰富多彩的世界。我常常对故乡山外的世界充满了种种的幻想，所以我初中时便开始学会了写诗。虽然他并不知道，但他那种教学方式，让我打下了坚实的语文基础，使我上高中之后，基本没有再听其他语文老师的课，但我的语文成绩一直遥遥领先，中考与高考时单科成绩在全县都名列前茅。

我们班主任是初中老师中唯一一个还像小学那样坚持家访的人。他骑着破自行车，铃铛当当地响着，跑到山区的每一个学生家去，与他们的家长谈论孩子的事情。往往这样之后，不想上学的或上不了学的孩子继续读书了。他也常常找学生谈心，在黄昏的时刻，他常常和

同学们走在乡间的道路上，他们那样亲切交谈，以至于心中的疙瘩不知不觉地随风飘散。有时，他不找我们谈心还让人怅然若失。

班主任是唯一一个组织我们到大城市去旅游的人。初中一年级，他便带我们班租车去了武汉市。那是我第一次见到城市。你可以想象到一个乡村少年见到大都市后的那种兴奋、那种失落与震撼。这次活动曾受到许多老师的抵制，他们的意见是：学生读书不能去玩，而且安全也得不到保证，再说这种事没有先例。但他坚持着做了，使我们后来对城市充满了向往与憧憬。我还记得为了去武汉穿得体面一点，我母亲借了人家的一件才穿过一次的新衣服，那件大孩子穿的衣服，像半件大衣一般罩在了我身上。我没有羞愧，相反有了征服城市的野心。

班主任是唯一让我们读课外书的人。他常常自己掏钱订《中学生课外阅读》和《语文报》、《春笋报》之类，让我们看后还展开讨论。每次讨论时我们很兴奋，大家为某一种观点而指点江山，激扬文字。因为这个，我们终于接受了他上的语文课基本不按传统"三段论"的方式。也因为这个，在初中，我在参加整个乡镇的竞赛中获得了第一名的成绩。我至今还能记得当年班主任带我上城里参加竞赛的情景，记得他用车驮着我上路时讲的道理，记得我们住在招待所的第二天早上看到二中学生出操时，看到那黑压压人群跑步时对我的诱惑和产生的失落感。我也记得获得第一名后，他骑着自行车进校时一路喊"中了，中了……"的情形，当时他的脸都红了。当我们的第一篇新闻稿在县广播站播出时，他的高兴不亚于我们的骄傲。

当然，还有那时我们情窦初开，班主任在尊重我们的隐私基础上，告诉我们人生很长，早熟的东西未必能够得到圆满的果实。于是，我们在朦朦胧胧中，走过了自己所谓的爱情。很想对过去的日子说声对不起，虽然那令人激动的日日夜夜并没有什么质的东西发生，最多也仅是在拉手阶段，但人的情感忽然之间便走向了成熟。我相信，每一个在那里相恋的人都会明白，年轻时的爱，即使结果什么也没有，但值得在心里永远珍藏。即使我们各自走向遥远，并不联系，但并不意味着对过去的否定。只是人生有太多的东西，让我们不得已都在改变自己。而班主任永远就在那里不动声色地把握一切，让每一棵庄稼自然走向成熟的秋天。

也许因为太优秀吧，也许因为太锋芒毕露吧，有些先生对班主任的评价并不是太好。他们认为，他的改革肯定会失败。非常遗憾的是，我们那一届真的没有考好，几乎全班覆没，只有一个女生上了正规的高中。而有些不怀好意的人，又谣传他一些不实的小道消息。尽管那些谣言完全是空穴来风，但从那以后班主任一下子老了。那个和我们一样充满了激情的人，因为我们的失败，他就那样从此成为沉默的大多数。即使许多年后，事实证明了他带我们那个班的同学们以种种方式奋斗了出来，并且成为最骄傲与最辉煌的一个班时，我们重新聚在一起，为他当初对我们影响与启蒙深怀感激，并仍为当时没有为他争得荣誉而满怀愧疚——老师啊，即使时间过去了多年，我仍然希望你能够原谅我们。

又是多年过去，我到了新疆西藏。在新疆时我曾给他写信，从他的回信仍然还看得出热情与不服输的劲头。后来我考到了天津上大学，开始大批量地发表文章，他可能曾看见过，把信写给了天津作协。但那时我已调到了北京，天津作协只打了个电话，说信中只是高兴，没其他的事。信没见到，但从此后我每年都给原来的学校寄一张贺年片，在贺年片中，表达自己对他的感激与思念。在信中，我说他是个改革的英雄，也是一个落寞的英雄，而他的消息很少。生活如白驹过隙，那些年中我即使偶尔回去一次，也是来去匆匆，离得太远而没有去找他。但打听消息，只听人家说他还背着那些子虚乌有累赘。我认为，一切全是木秀于林、风必摧之的缘故。这是中国乡村甚至整个单位场的通病。那时我的作品多次被发行量极大的《读者》《小说月报》《中国期刊文萃》等转载，他可能看到了。我们村的一个学生

说，某某老师提起你来，一脸的骄傲。我为此惶惶不安。

再后，我出第一本书时，寄给了他一本。他回了信，不外乎高兴与祝贺，但信中已流露出非常消极的思想，那种但求无过的无奈，曾让我好一阵的感伤。往后又有过一两次通信，他那种行文之中，字间之里，一切听天由命的心情时有隐现。我再次感伤：一个非常好的国文老师真的老了。

如今又过几年，没有听到他任何的消息。我在北京城里娶妻安家，像每个世俗的市民一般，在这个压力大而又紧张的城市里上班，大单位的事情每天忙得不能喘息，与班主任联系更少了。不知远在故乡黄安——那个产生将军的革命老区的他，一切过得如何？我不禁在有风的秋夜里想起他来，在叹息与庆幸的同时，想送给他深深的、深深的祝福！

班主任，我们亲爱的老师，有时的受益并非短时才能看见，今天的我们——你当年的学生们，不是都已分散各地各显身手了吗？今天的你，不是应该为我们的收获而骄傲的季节了吗？你曾告诉我们，"站在潮头的弄潮儿，必是风云人物"，你不怕波涛激荡，何不再立潮头？你也曾对我们说，"风物长宜放眼量"，何必为一城一池而压抑了曾经的美好理想？走自己的路，让人说去吧——这是你曾写给我们的留言，我斗胆把它回赠给你，并在遥远的北方，祝你一路平安好运，一生幸福绵长。

|救命的诗歌与活命的哀伤|

我离家出走的那天，故乡下着连绵的阴雨。那种雨天就像我当时的心情。当我站在长途汽车站，面对着外面一个从未涉足的世界，面对着莫测的未来，我只是凭着一种悲壮的情绪完成了心中的选择。

其实那时候，我根本没有想到过，有一天我能够活着回来。

那年我高考仅以几分落榜，加之当兵又被挤下，在贫穷的故乡，看到各种各样脸色的人们，我对父母产生了一种深深的内疚。每天出入家里，看到父亲低着头，听到母亲在黑夜里悠长的叹息，看着一家人的沮丧而又对我充满同情的眼神，我心如刀绞。

那时候，经过了漫长贫穷以及贫穷带来的种种痛苦，带着满腔的愤世嫉俗与人间不公的愤怒，终于使不堪忍受的我选择了另一种方式：逃离。

那真是一段不忍再去摸抚的日子。一个年轻人，一个没有任何依靠也没有任何经济来源的年轻人，走在他乡的城市是一种什么样的心情？

也许，只有真正懂得流浪的人，才会体味大街上一个他乡游子，在没有看到成功时的心情。

那种日子至今让我不忍用文字再去表述。我想表述的是，我得感谢诗歌。正是诗歌，给了我激情，给了我心中的勇气与力量。

因为我是背着自己写的诗歌出走的。每一个码头，每一个车站，每一个乡村，每一个城市，我的爱，我的恨，我的悲伤，我的兴奋，都通过诗歌，表述得一览无余。

那些诗，我一直认为是带着血的。

因为我的流浪。一个少年在流浪。

一个带着理想的少年，他的流浪也因此充满痛苦。其实，更深的，还是一种寂寞。那是渴望生活宁静的寂寞，那是盼望夜里有一望归之灯的寂寞，那是祈望生活能有一碗米饭与面条充饥的寂寞。

那更是一种无法与人言辞的寂寞。

而诗歌，却支撑起了我的天空。它让我明白，我需要奋斗，需要自我的奋斗，来证实存在的意义。

可能在他乡，没有人注意到一个满脸苍白与憔悴的少年，饿着肚子，拿着笔在本子上记下的东西，竟然会是诗歌！

在那长长的流浪之日，就是诗歌，支撑着我度过了漫漫的长夜，度过了人生中最艰难与沧桑的日子。

那时的激情，如水一般奔泻，一天之中，竟然要写几首，有时几十首。

那时我就背着它们，去寻找同盟。

一个少年的想法，是如此幼稚。其实，那时中国刚刚实行市场经济，真正还有几个人在乎诗歌呢？即使是那些吃这碗饭的，还笑话我是一个痴人，精神上有问题。

那时我的心里充满偏激，充满不满与愤怒。

于是我更加拼命地写了我在流浪过程中的另一些诗歌。那些不入流也不成流派的诗歌，最终没有遇到任何知音，也没有解决任何有关我生存下去的问题。

它又使我回过头来面对现实。强大的现实，残酷得竟然不肯让我再活下去。

我在他乡苦苦地思索。最终，我发现自己，只是一个真的有着精神偏执的少年。一个只在柏拉图中受到书本知识局限的少年。一个从没走进生活与生活真实的少年。

于是我明白了，诗歌，有时只是为某一类人装饰门面的或者消遣

的，有时只是一种人想表达某种情绪的，有时只是诗人们来证明自己的存在的。即使是那些经常写些流浪情怀的诗人们，也是在足不出户的温暖日子里，对生活产生的一种不切实际的幻觉。

而我，却身体力行之，终于找到书本与现实的距离。

而要改变命运，改变自己，一切还得从头做起，从地面上走起，从零开始。

于是我低下头来，懂得了诗歌救不了自己。在新疆那广阔的天地里经过几年的参禅，终于通过另一种方式改变了命运。

在改变之前，我把自己辛辛苦苦写的诗歌，在那寒冷的冬天里抄了一大本，寄给了某个知名的刊物，结果我的心情却如大西北那个冬天的寒冷，不仅没有收到一句鼓励，更没有收到只言片语。

终于有一天夜里，我在无涯的戈壁滩头上，点燃火柴，流着泪水，烧掉了那些诗歌。

看着一页又一页的纸灰随风扬起，我想，一个少年从此不再。当呼呼的大火在卷尽所有的诗页时，我突然又后悔得要命，顾不上手被火的疼痛，把最后几本诗歌抢了回来。

那时，我已是新疆大戈壁上的一个普普通通的士兵。

从那以后，我开始用世俗的方式改变自己，并且最终也改变了命运。多年以后，等我奋斗到了当初曾流浪过的城市，我才发觉，不知从什么时候起，我很少写诗，也没有写过什么好诗，再也没有了当年的那种热情与热血。最终，我对诗歌开始产生敬畏，开始对诸如北岛、海子、昌耀等真正的诗人产生敬仰。

我知道他们的命运是很苦的，不只是在生活上，而且还表现在精神上。有时夜里，我在人静之后睡不着时，听着城市街道有走动的脚步声，我便怀疑是他们和他们的追随者们。

于是我翻身起来，莫名其妙地泪流满面。

那时我已被人称为青年作家，不是因为诗而是由于写小说。那时我便懂得了一位作家曾说的那句话：诗歌是用血写的，散文是用泪写的，而小说，则是用水写的。

我认为这句话挺经典，并对此人表示好感。尽管我不认识此人，但我想，他肯定也曾有过与我相同的经历。

我那时真想他们也会因为其他的原因而改变命运。我不希望他们做卧轨的海子，也不希望他们做贫病交加的昌耀，更不希望他们做杀妻灭子的顾城，我只希望他们做一个平常如我的平庸之辈。

因为只有降落在地面，才有可能拥有另一种生活及其方式。

我说句话时，因为我已挤入了伟大的首都北京，生活在一个安逸的环境，并且重新认识了那些当年冷漠地对待我流浪之时作品的所谓名编与名人，过着与当初背着诗稿在寒冷的夜里在茫无一人的街道行走时不可同日而语的另一种生活。

那就是世俗所谓的幸福生活。

我并不后悔当初的选择，也不后悔现在的选择。既然没有勇气去继续做一个街道衣不遮体食不果腹的诗人，那就只有通过另一种自我努力的方式去做一个凡夫俗子。

我依然感激诗歌，感激生活给了我那一段非常的日子。我依然对诗歌充满敬畏，对诗人充满祈祷与祝福。

后来许多人提起我当年的出走，问我出走的意义。我只是这样回答说：当时在乡下，没有出路。

人们不相信这个说法，他们没有处在我生活的环境中，不知道这个环境对人心灵上的残酷。在那广阔的农村天地里，好像活一个人挺容易，但是要想活得体面与有尊严，我觉得好像多活一天就是炼狱。

所以我还告诉他们：这正如当年出去闹革命的那些人们，如果不革命，他们一定是挺好的庄稼佬，可当时，即使他们把庄稼种得再好，也没有果腹的粮食与取暖的衣服。不是到一定的时刻，可能没有人甘愿选择去背井离乡。

这就是生活的活法。

在人们眼里，那些活得挺好的人们，当初为什么也跟着革命？因为在他们的血液里，还有一种东西叫做理想。

革命者的理想是要有一个没有剥削，也没有压迫，人们生活得幸福与安详的世界。而我当初的理想，是想通过诗歌，让人们变得高尚与纯洁起来。

革命者的理想变成了现实，而我的理想却永在空中。它之所以不肯降临地面，是因为心中还存在一个遥远的奢侈，那就是希望无论是我还是他人，总会有一天能将这些美好的愿望变为我们生活的现实。

第四辑

写给
彼日

|孤独的狼掠过记忆的原野|

我在除夕的那一天夜里突然想起来了狼。说来这个念头很奇怪。

我对狼的认识很早，见过狼也很早。我的家乡在鄂东大别山的将军县里，那里山高林密，野狼成群。在我幼年的生活中，曾数次遇到过狼。最早听到的就是大人在吓那些不听话的小孩时说，再哭就把你放在外面，让狼来把你叼走算了。小孩这时便不敢再哭了。因为有一家人真的把小孩丢在外面过，一会儿没听到孩子的哭声再去看时，还真有狼把小孩叼走了，一家人从此哭得天昏地暗。

我第一次遇见狼，大约只有五岁。那时父母都在生产队里劳动，没人照看我们，我只有跟着妈妈一起出工。那天是上午，妈妈她们这些妇女负责打草积肥。她们在岸下，而我站在岸上，一只狼慢慢地向我走来了。我只把它当作村里的一条狗，还准备伸手去摸它。这时在对岸的妇女一声大喊："狼！"我妈妈抬头一看，天哪，狼已近身了，她连忙把镰刀丢上来，不偏不斜正好打在狼的身上，狼一惊就打了转，直往第一声喊的妇女冲去，它也许恼羞成怒，掠过她身边时把她的帽子都掀掉了。妈妈说，狼是恨那个妇女坏了它的美餐呢。从那以后，妈妈很少带我再出去了，出工时，只把我锁在家里头。

我十一岁时，有一天早晨妈妈让我和弟弟一起到村头的田里割谷。那天天还很早。我弟弟只有九岁，但我们都得帮家里干活。弟弟割着割着受不了就想偷懒，他说自己要拉屎。我说你去吧。他便跑到田埂上蹲下来，作出大便的样子。这时一只狼向他靠近了。我弟弟还没有发现，是我抬头看见的。我猛地一叫，声音之高连我弟弟也吓了一跳。狼听到了突然一惊，没想到两个小孩还不怕它。打了转身就呼地往山上走了。它动作之快是惊人的。转眼间就无影子。我和弟弟吓哭了，连镰刀也不要，哭着跑回了家，再也不敢出来。妈妈以为我们偷懒，还打了我们一顿。但后来她相信了，因为中午又有一只狼在村子周围转悠了。

那时我们村子周围的狼很多，不时有人丢了一只鸡或一头小猪，村里的羊也时有失踪现象。放羊的大爷是个外村人，他一生气，天天背着枪在山上找狼，找着了就打，还真的打了几只。有一次，他发现了一个狼窝，把十只小狼全抓回来了，由于对狼的仇恨，他把那些狼用绳子拴住，挂在半空中，小狼呜呜呜地直叫。到了夜里，村子的周围全是狼的叫声，那声音穿破黑夜，十分凄凉悲切，像是有人在哭。大人们说，这是山里的老狼找孩子来了。这种叫声一直持续了三天，村里人实在是受不了，才恳求放羊人把小狼放了。不过这一折腾，小狼还是死了好几只，村子里狼声消失了，可放羊人发现自己的羊每天都在减少。

那时大人们常常告诉我们说，虎有吃人的胆却没有吃人的心，而狼有吃人的心却没有吃人的胆，只要见狼来了，就要喊。遇到了狼，就要打它的腰，说狼是铜头铁脚软绵腰。我们那时还小，自然是不敢打的。记得有一次，我姐姐在晚上去关猪圈门，突然发现两只狼就在附近闪着红眼，她一吓便高声尖叫，狼从她头上飞过去了，把她的衣服还撕破了一大块。从那以后，我们小孩若是上山采药，没人结伴一起去是不敢想象的。更多的是多人结伴而行。记得有一次，我们砍柴回来，发现一只狼一直跟着我们，吓得谁也不敢叫，一个大姐姐说，我们得围成圈来对付它。我们都听她的，围成圈后，狼也不走，就在离我们七尺远的地方坐着，像是一条忠实的狗。这时一个年龄小的孩子忍不住哭起来了，她一哭大家便都哭，也许是这哭声感动了狼吧，

它竟然慢慢悠悠地走了。从那以后，我一直认为狼是有爱心的，它并不伤害弱小者。因此，每当深夜里，听到山沟里有狼在啼哭，妈妈说是那只狼饿了，在外面号呢，我便在小小的心灵里，对狼有了同情的感觉。那时候，狼在我心里，一直像是我看的武侠小说里的江湖豪杰一样，它独来独往，或者狼行成双，个个敏锐而又身手不凡。随着我渐渐地长大，对狼的恐惧感不再那么强了，我有些崇拜起狼来了。这种念头很奇怪，因为随着村子周围的树林渐渐减少，狼也少见了。但狼那敏锐的眼睛，还有身形的优美，以及它来去无踪的神秘，都在我脑里形成了一种亲切的回忆。

我再一次见到狼，是在天山脚下。那时我在新疆当兵，有天夜里我们开着车翻越天山，突然发现周围有许多只亮闪闪的眼睛。带队的副连长说那是狼。许多许多的狼开始向我们围过来。大家如临大敌，我突然觉得非常兴奋。副连长说，这种饿狼有时会袭击车队的，当心它们撞玻璃门。道路上四处是狼，我们也不好走了。副连长说，必须开大灯。于是我们把大灯和防空灯一齐亮起来，狼惊吓了一阵，退了几步，我们便前行几步。如此走走停停，不时有狼向车前窜过来，撞得大厢作响，副连长的心也一直是紧一阵松一阵。直到天快亮时，猛听得一只狼一声长啸，声破夜空，眨眼之间，上百只狼在天山深处便消失得无影无踪。

在守边防的那些夜里，我们也不时听到远处的戈壁上有狼的嗥叫，声音凄美绝伦。从那时起，我便知道了，狼原来与我们一样，是非常寂寞与孤独的。有一次我们巡逻到了一个老的城堡，那里竟然有五只狼在凄清地啼哭，声音像我听到瞎子阿炳的《二泉映月》一样悲凉。我忽然深切地同情起它们来了。古堡里北风阵阵，外面风沙呼啸，远山上大雪绵绵，这几只狼只在一个荒堡里像是幽灵在游荡。真不知道这样孤独的一群，是怎么度过那漫漫的寒冬的？班长掏枪要打，我说算了，放它们一条生路吧。班长想了想说，其实狼像我们在这儿守着边防一样，也是会想家才叫的吧。他心软了。我们悄悄地绕了过去。

再后，我看到狼，是在我生活的这个城市的动物园里，作为参观者，我看到一只狼那么软绵绵有气无力地躺在笼子里，完全没有了野狼的锐气与活力，没有当初的矫健与智慧，没有灵性与勇气，无论游人怎样挑逗它，它只是耷拉着头，死气沉沉的，说不上为什么，我忽然从内心里感到一种莫名的悲哀。

往后我回去探家，总爱到老家的山上转转，希望能遇到一只狼，但是我失望了，故乡的山区虽然还是密林遍布，但是再也鲜有狼群出没了。那些狼，像是孤独的游子一样，消失在浩瀚的宇宙中，不知所往也不知所终。

我在今年的除夕里想起狼，是我一个人坐在房子里的时候，听到外面的鞭炮声在空中炸响，突然觉得我们这些独在异乡为异客的人，就像从远方来的一只狼一样，总想在城里寻找着什么，但是无论找到与否，我们的心灵都是孤独的。或许，这才是我们永远的命运和归宿？

不知故乡山林里原来的那些狼，到底跑到了哪里，也不知故乡那些曾经考出去或跑出去寻找出路的人们，现在流落在何方，这个年关，是否也像我一样为了生活而没有回家。我感觉他们都像是从深山里跑出来的狼一样，流落在江湖之上，即使孤独，即使嗥叫，也没有人听见和知道，更没有人理解和喝彩。

写给彼日

> 你相信上苍的来临
>
> 会捡起丢在风中的失落
>
> 而世界，又何曾会因为
>
> 一个爱的许诺便远走天涯

一年三百六十五天，天天都在生活中重复。日子有时只是一个记忆，一个符号，转瞬就没，无情无性。

但有些日子总是如此新鲜。它无论让人走到哪里，身置何方，拥有怎样简单或复杂的生活，却能够在一些特别的时节，触及心头的那块私密地，转而有了人世的温情。感谢那个日子，因为有了你的诞生，让我有一天在回忆中抛弃暴戾与冷视，变得格外温柔与丰富。

我有时想，人与人的相逢，不知是修了多少年的缘分，终于使得有一天能够遇见。因为相遇中有多少人，总是擦肩错过，从此不再往复。而我，却在回眸的刹那，看到回过头来的你，那一抹笑留在了永远的记忆中。

> 我相信那永远的微笑
>
> 还有你心中时常迸发的豪迈
>
> 会像云彩，一堆一堆的
>
> 挤满我狭隘而隐匿的天空

那之后。那之后的许多人走过，而你留了下来。那时冬天，那时大雪，那时有风，那时也有雨。那时的整个城市，都可以看到早行的人们，幸福的脸上洋溢着怎样的人生传奇。那时的夜里，有个声音想对着天空向着全世界宣布：此刻，你曾多么靠近幸福！

传奇看不到。永远看不到。因为传奇的生活，只有极少数人才能拥有。因此，为此日，无论过往是怎样卑微，怎样惊慌失措，怎样小心翼翼，又是怎样地在痛苦的开水中打滚，我都会为拥有短暂的记忆，感叹人生不虚此行。

记住那时的风，那时的雨，那时的夜，那时的呼吸。还有，那时对爱的向往憧憬以及对爱的坚定不移。

我仿佛看到，当大雪落下，整个城市锁在一片白色的世界中，人们归家，行人蜗居。只有一个人，还站在那风中雪里，眺望一个不变的方向。因为，他相信，有另一个人会从那里走来。

> 当理想的河岸冲刷现实的土壤
> 当现实的河流冲垮世俗的堤岸
> 我们分别站在河岸的两边
> 回头全是对这个世界的无限热爱
> 我相信在河岸边的那头
> 你失去的仅是一个人而收获了整个世界

再之后，一切化作人间的沉默。传奇只是梦想。无论这大街上挤满了怎样花红柳绿的光景，挤满了五颜六色的人们，我亦不觉得周围的一切，会比在彼日诞生的那个人，显得更为重要。虽然，那时的我们，已在城市中陌生下去。而无时无刻，过去却在心头活着。

多少神曲，终有结尾；多少黑夜，终有天明。你在这个世界的呓语，已远远不及车轮汽笛拉响的声音。终于，破裂的冰，会在一个春

天的夜晚猝不及防中匆匆告别启程。从此，这样的日子成为记忆，这样的记忆成为永恒。

> 我看到街道上的许多人
> 不知有多少隐秘的痛苦与欢乐
> 而我，只是慢慢地从他们身边走过
> 我不与他们狂欢，亦不因此落寞

我相信日子活着。这些活着的日子，是因为有人赋予了它特别的意义。放眼人类历史的长河，我们仅是河流中的溪水，裹入大海便无影无踪。我们在俗世中活着，也因此有了世俗的活法。无论一个人怎样轰轰烈烈的生，还是默默无闻地过，但对人生的体验，却有惊人的相同。对许多人而言，一个日子并不重要，但对另外一些人而言，这样的日子却有时便是全部。

所以，我今天还能坐在下来，在此真诚的祝愿和祝福：快乐，永远快乐！

当地震成为往事

新华网北京9月11日电　国务院新闻办公室根据国务院抗震救灾总指挥部授权发布：据民政部报告，截至9月11日12时，四川汶川地震已确认69226人遇难，374643人受伤，失踪17923人；据总参谋部报告，截至9月11日12时，抢险救灾人员已累计解救和转移1486407人；据卫生部报告，截至9月11日12时，因地震受伤住院治疗累计96544人（不包括灾区病员人数），已出院93361人，仍有509人住院，其中四川转外省市伤员仍住院254人，共救治伤病员4181505人次。

无情的数字背后，是死者废墟下那已冰冷的手臂和凝固的鲜血，是生者人世间已流干的眼泪和永生的心痛。

我知道，有一天，这一切终会成为过去。地震，无论当初对于中国人是多么大的事情，时间越长，越往后面，除了那些体味过切肤之痛的人们，在很多人的大脑里，记忆仅仅只会成为记忆。

当地震成为往事，纯粹便会成为奢侈。在一个学英语要集体下跪、看选秀的同时要挖掘绯闻、房价上涨要与中介公司倒闭同时发生、基民与股民集体狂欢之后又集体同哭的时代，伴随着光棍节与愚人节流行、CPI和油价同时上涨、房价与金价浮动莫测、股市先扬后抑被套，以及易中天、于丹、超女与芙蓉姐姐的一夜走红，形势逼迫每个人都在时间的高速公路上寻找成功。而关于英雄、崇高、责任、高尚、奉献、伟大等一类曾非常熟悉的辞藻却如高天星月，在世俗的生活中渐渐如流水般退去。

我想起了著名作家王树增在写《远东朝鲜战争》时曾对我讲过的一段话。他说有一年的国庆节，他与妻子王瑛——也是一位著名的编辑——一同走过长安街时的一个黄昏。他看到热热闹闹的人们从身边幸福地走过，老人、妇女、儿童，还有一些年轻的相拥的情侣，在长安街上徜徉，他们一个个看上去其乐融融，怡然自得。在那一瞬，他突然停下脚步——作为一个社会责任感极强的作家，他突然想起了朝鲜的那场战争，想起了那些牺牲在异国他乡土地上的亡灵与生命，有一丝悲伤滑过了他的灵感。一刹那，他觉得今天这来之不易的幸福生活，已有许许多多的人忘记了源头。"如果不是那些曾为共和国新生与强大而牺牲的千千万万英雄，谁会感受到今天这种幸福的生活？而

事实上，那些人，特别是那些年轻或者年老的无名英雄，就像他们的付出与牺牲就像是无声无息的潜流一样，在时代经济大潮中已被人渐渐淡漠和忘记。"

与先行去抗震救灾的那些英雄相比，我是较晚达到震区的。地震那天我在新疆的阿勒泰采访，那天下午军分区的副政委台一龙告诉我，地震了。我当时便知道我们的单位，会有这样的一场行动。但是，打电话给领导请示，问自己是否需要回去。领导鉴于我执行的是总政与总后联合组织共同交付的任务——走全国的边海防，便让我继续自己的边海防之行。过后几天，我还不知道单位已经组建了这样庞大的医疗队。等我从走完了北疆采访回到乌鲁木齐时，处长的电话来了，说家里没人，速归。归来后，我看到同事们有的已去了震区，心中为没有赶上这样一件大事而失落。而领导让我回来的原因，也就是写材料，将前方传回的消息，归类上报。我一再向丁殿春处长请示，觉得像这样一场大的活动，如果没有参加去尽自己的一份心意与努力，只是待在家里一边看电视一边流泪，将会是人生的遗憾。但处长说，在家一样是干工作。而第二天，是一个星期六，我带着儿子去学前班踩点，突然接到部办公室赵文亮秘书的电话，说政治部刘治宇将军找我。我当时便知道，终于派上我了。非常落寞的是我的同事宣传处副处长王继荣，他再三申请想去未果，在办公室一边加班一边叹息。

而此时，离我们的医疗队出发，已整整过了八天时间。我甚至不知道自己到前线能为灾区做些什么，当时医院上下都笼罩着灾区那种悲伤的气息，我们的同事们都在为自己没上一线似乎觉得愧疚——事实上，这种感觉到后来越来越强烈，即使后方同样是繁重的工作，但大家都觉得，上了前线才是奉献。

我当时也大抵是这样的一种心情。

而刘治宇将军让我到前线的任务，是重点采访那些先进典型，为日后的事迹报告会做准备。虽然我对机关大量的文字材料已感到相当的疲倦，但当天晚上我便穿上迷彩服，一个人上了飞机。走前，我五岁多的儿子说，"爸爸，你去抗震救灾啊。"我说"是啊，你知道为什么吗？"他说，"一方有难，八方支援呗"。我想电视的威力真大，已波及孩子们心中。出门前，我对儿子说，"你不和爸爸说什么吗？"儿子想了想，说了一句令我非常吃惊的话："爸爸，翻山的时候要努力啊。"一直到机场，我还在为儿子的话感慨和感动。

在一种急迫的心情中，我飞向同样不可测的震中。飞机很大，但去成都的人很少，据说不时的余震，已让曾经去旅游的人望而却步。那天可以坐300余人的大飞机，上去后发现还不到30人。在飞机上我还想，如果仅是采访个别人或某些人，肯定非常遗憾。毕竟，作为国家一个特别时刻的特别行动，许许多多的人在那一刻选择了高尚。特别是在灾区采访过程中，我不时被大家的眼泪和我的泪水所淹没，看到整个地震后城市与乡村的惨象，看到每个人在地震来临时表现出的那种崇高、善良与团结，我的心受到了强烈的震撼。在采访第一天，我便在心里决定，无论单位有没有写书任务的打算，我都要从自己的视角，为这些在地震来临时，勇敢冲向一线的英雄，写一本属于他们的书。

这便是这本书的缘起。后面的事，大家都知道了。就是书中的那些事情，没有拔高，也没有回避。因为我知道，对于今天这样一个充满娱乐的世界，能够体味这种心情的人，永远只会是一小部分。而当大灾难来临的时候，我们却看到地震拉近了人与人的距离，震出了人们的良知与良心。那一刻，我觉得每个人是那样高尚。这种高尚，才会是我们内心渴望与追求之所在。

感谢那些在地震过程中为灾区做了一切的善良的人们；

感谢那些在地震来临时勇敢地冲在了一线的勇士；

感谢我们医疗队的队员们，我爱你们，曾与你们一样同在。我看到了你们的美丽，在成都、在都江堰、在汶川绽放，也开在了一个

作家的心灵之上。我拥抱你们，感受到了你们身上传来的温暖，感受到了一个大家庭的亲情，感受到了一个中国人的良心。由于我在灾区的时间有限，对因采访时间太短、工作任务太多而没有写到的勇士，我请你们原谅我的疏忽与无知，但我内心深深知道，你们把真正的人生，镌刻在了2008年夏天的历史深处。虽然你们中间有些人我未曾写到，但你们在灾区同样尽了自己的最大力量，作出了同样的奉献与牺牲。这本书记录的是一个集体，你们同样分享着集体的荣光。正是你们的英雄壮举，才有了这样一部作品存在的可能。

我写下你们，是因为我们大家都曾是一家人，相亲相爱的一家人。我相信，地震过后，撒在你们头上的光环逝去，你们散落在城市，开始又恢复到原来的位置与日子，重复着在城市里的本来与当初。但无论日后你们过着怎样的生活，我相信你们会因有过这样的一段人生经历，多了一些对生活的顿悟与体味，也一定不会轻而易举就被潮水般的记忆淹没，不会被爱着你们和你们爱着的亲人所忘记。因为当地震来临此去有可能带来死亡的那一刻，你们选择了一线，选择了勇敢与坚强！而死亡面前的选择，最能看出一个人本质与灵魂。

其实关于抗震过程，如果把它放在一场战争中来衡量，其实还有许多东西都值得反省。比如平时的预案问题，战时的协同问题，等等。

记得我在去了四川之后，当电话终于能够接通北京，每次给儿子打电话时，他都要问："爸爸，你救了几个人呀？"

我不知道怎样回答一个5岁孩子的话。

的确没法回答，因为我不能骗他说我救过。我不是医生，也不是仅凭一把铁锹和一个小挎包最早赶到灾区、仅凭手扒肩顶救人的可爱战士，事实上我和许多人一样，仅仅是捐了一点钱，流了多次泪，感动多少回，却一个人也没有救出。充其量，不过是自己的灵魂曾经被短暂的救赎。因为回到城市，我还会有时高兴、有时愤怒、有时消沉，还会像许许多多人那样，一边劝告别人要善待自己、珍惜生命和好好活着的同时，还会回到相当复杂的俗世，关心着个人是否落伍和家庭衣食住行的细枝末节，关心着国家发展与军队强大的变迁，关心着股市的变动与周围细小生活的丝丝缕缕。

而当时，既然不能骗他，回答便只有支支吾吾。

我只是在不停地采访，不停地撰写着各种材料。

现在，当我在电脑上敲完最后一个字的时候，我想这样对儿子说，"亲爱的儿子，我没有救过人，我只是在不停地采访，最后在没有命令也没有任何指令的情况下，在繁忙的机关公文之外，在不能陪你玩耍的无数个寂寞之夜中，写完这本也许有人看也许没有人看的书"。

我只想告诉有幸看的那些人，公元2008年的夏天，在我们身边，曾经有过这样的一些人，发生过这样的一些事。

在此，我还要感谢每一位领导、同事和战友，正是你们的理解、信任、帮助与支持，总医院历史上最大规模的一次历史救援行为才有可能被定格为珍贵的记忆。

当地震成为往事，或许我能够做到的，仅仅如此而已。

关于信、谣言及其他

那一年我离家出走的时候，还很年轻，根本没有想过别人。

那时我刚从人们称之为"黑色的七月"中挣脱出来，因为在中国这块土地上种种可以理解或可以想见的原因，在落榜之后，我不得不离家远走了。

走的那天夜里，故乡的小城正下着连绵不绝的小雨。那雨下在了我心里，因此我的心里灌满了悲伤。我甚至没有回头望一眼故乡的小城，便头也不回地走了。走的那天没有一个人送行，也没有一个人知道。

我对自己说：我要到远方去，去寻找证明。

行囊里的东西，是我平日里写的一本又一本文字。我以为，我一定是个怀才不遇的能者，在流浪的生活中，我一定会写出惊世之作。

武汉，郑州，石家庄，北京……在那些艰难的日子里，我明白生活远远不是诗歌。诗歌中曾有着一千遍号召人们"流浪"的谎言。

那时我也写诗，那是带血的诗。远在天涯的日子，饥饿、困顿、无依、无靠时时刻刻，给了我人生太多太多的启示。那是一些书上从来没有告诉过的启示。

有好些次，死神就在身边徘徊。每到那时候，我便想起了故乡可怜的父母，他们生我养我，竟然不知我流落何方。

于是，每到一个城市，我便流泪给他们写信。每封信只有简单的一行字：我还活着，一切平安，勿念。

我不知道父母收到我的信后是何种心情。我说过那时还年轻，根本不理解"家书抵万金"的含义。

后来，抱着对文学的狂热，我又去了陕西、青海、甘肃、新疆、西藏，一路的狂奔，一路的愤世嫉俗，一路的长歌当哭……

最后，由于好心人的帮助，我在西部当了兵，考上了天津的一所军校。因为种种原因，我一直没有告诉家里。告诉家里的东西，还是一封封简短的信，还是那一句简单的话：我还活着，一切还好，勿念……

五年后，军校的第一个寒假时，我回了家。父母看着我，傻了，哭了。

从他们苍苍的白发中，我才听到了人们的种种谣言与述说。

人们说：知道吗？那谁谁家的孩子，今天在这个城市，明天在那个城市，肯定是加入了黑社会，不然他怎样活下去？

他们于是教育他们的孩子：不要学他呀，学他就学坏了！

我可怜而又自尊心特别强的母亲，听到了这个消息后，心理上的种种希望一下子全垮了。她整日整夜地跑到山里，偷偷地哭过不停。她的身体从此开始垮了下去。而我父亲，从此变得沉默寡语。

我没有想到我的出走，会给一个家庭带来这样大的打击。那时我还在努力，还在对生活咬牙切齿地奋斗。

我更没有想到，五年后我回来，我在故乡又变成了传奇人物。人们又开始了这样的谣言：你知道吗？那谁谁家的孩子，几年前跑了的那个，竟然活着回来了，还考上了大学！

他们开始又这样教育他们的孩子：你看看人家的孩子，那才是你们的榜样呢！

我母亲听到人们这样说，她的精神从此慢慢变得开朗起来。

再后，我从边疆奋斗到了北京，发表了几百万字的文章，出过书，获过大大小小的奖，工作单位也不错，人们的眼里流露出羡慕。而故乡的人包括我父母都根本不知道，我曾在外面受过怎样的委屈，又取得了怎样的成功。

他们的全部心愿就是：你活着，一切平安，这就好。

这正是我当初信上说的那些话。

世事如棋，人生莫测。谁知道呢，母亲没有福，在我混进北京城后的第三年——那时我离开她已整整十三年了——她终于还是丢下我们一个人永远地远去了。走前，她听到我的声音，握着我的手，露出了人生最后的一个微笑。这个微笑，就像在昨天发生一样，至今还压在了我的心头上，令我觉得是那样不可原谅和意味深长。

|父亲教会了我一些什么|

父亲走了，父亲走时我很伤心。在车站，当我看到他瘦小的背影，走向回家的火车时，我怔在那里，一时百感交集。

我意识到，父亲一个人回家去了。回到家里，又得面临着一个人过的日子。清灯孤影的父亲，走在乡间的路上，像一只迷失归途的大雁。

父亲要回家种他的地。但我明白，父亲的目的不在于他的地，主要是我在城市居住和生活的"地"太小，父亲从一个地方搬来搬去，住处一直稳定不下来。

我还明白，在文化之间，父亲与城市有着一道越不过的沟壑。父亲很通情达理，很单纯，想问题都非常简单。父亲理解不了城市里时尚的生活，城市也不会意识到一个受过多种苦难的老人心里在想什么。在众多的人群当中，也不会有人注意到他。

也许我知道父亲在想什么，但因为工作忙，还因为自己杂事多，爱玩，与父亲在一起的日子太少。

父亲一走便让我内疚。

我知道他心里忍着。多年来，一字不识的他，从记事时起，便一直受着周围的欺压，他终于懂得屈从命运。他的一生都由别人摆布，因此，他面对一切，总是怀有了让的心情。

他还能笑出声来，纯洁而又纯粹。

他对人生的忍让，已能越过了一个城里人的胸怀。为什么不呢，他一生都是这样的，从来不曾想过要得到。

面对一字不识的他，父亲令我羞愧。我认识了那么多字，但到城里生活之后，已经放弃了曾经那样纯粹的选择。打着为了生活的理由，我在丧失阵地。

而父亲越来越学会了坚守。他的土地，他的为人，他的品格，甚至于他的笑声或愁容，都是那样透明而纯粹。

也只有父亲走后，我才想到了这些。

父亲在身边时，我总是想，啊，他在这里，我们有的是交谈的机会，有的是一起吃饭聊天的日子。母亲还在世时，我也这样想过。但父亲一走，一上火车，我便明白，这样的机会越来越少了。

或许，我的性格中天生就有一些后天不足的因素。我越来越看清楚自己左右不了的命运，在一边看笑话。而父亲生活坦然，他不欠人什么，也不曾从别人那里拿了什么，更不会欠人人情，一辈子没有做过任何的亏心事。因此，他的生活坦坦荡荡，他的为人清清白白，他的一切如明月清风。

父亲走时，还叮嘱我，不要与老婆吵架，不要发脾气，不要加班太晚，不要不把身体当回事。父亲的每一句话，都极其平常，都能随时听得见，都谈不上惊人。但每一句话都是真理，每一个字都是名言。扪心自问，我没有做到，所以我心怀愧疚。

父亲，你原谅我吧。如果真有来生，我还是做你的儿子。

|别样的小学生活|

　　那天想起了儿时得过的奖状。毫不谦虚地说，我过去常常得这个，所以我们村里的人都认为我是神童，是天生的得奖专业户。从少年到青年，我得的各类奖状不计其数，后来得多了，自己也就没有把它当一回事了。之所以想起了小时得奖的事来，是由于那时送奖的方式很特别。而且，它不仅给我带来了学习继续上进时必要的一点虚荣，还帮我解决了一些实际问题，因为那些奖品，哪怕只是一支笔，或者是一个笔记本，也能让我在一个学期内不再向家里伸手要钱了。我的故乡在那个有名的穷县内，那里以盛产将军而闻名于世。若论起教育，那时候那里的人们还是格外重视的，故里的乡亲们，对于读书人，一直给予了特别的尊重。这是它除了盛产打打杀杀的将军之外的另一个特色，只遗憾我们村里没有出一个将军，因为那些革命者都把生命留在异乡，做了他乡之鬼了。但是，故乡还是表现出了格外的宽容，对于孩子们的读书，他们也一直是咬紧牙关，支持到底。

　　我有幸上了学，不然今天就不会坐在这里写文章了。我们小学在一个山包上，那里由于地势高，能被周围的每个村看见，加之那里原是知青的一个据点，房子弃而不用，所以顺便作了我们的学校。学校里的教师，那时多是民办的，由一些没有考上的高中生或者初中生选来，他们吃着老百姓的提成，便凭着天地良心，出力地为他们的孩子们干活，我一直认为，那些早年的民办教师，一点也不比今天从师范学院里出来的专业人士差，并不是说文化比这些人强，而着重于在于"责任"二字。他们极其负责，所以，教学的效果也比今天的好得多了。今天的那些人，由于或多或少在城里见过一些世面，一是抱怨自己毕业后没有分到城里，二是抱怨这里的条件太差，三是叹今天的世风日下，加上工资低，待遇也谈不上，他们眼睁睁地看着别人挣钱，也就变得浮躁和不安分起来，所以课本上的东西，他们很多人对付几个毛孩子，是能骗则骗，得过且过了。

我们那时候不是这样，那时的教师们一大早就跑到学校，因为我们要上早学。他们的心是拴在学生的身上的，常常以学生的进步为荣，巴不得每个学生都学得经纶满腹，学富五车，超过他们才罢，不像今天的某些人，只要学生问了一些他自己不懂的东西，就骂这个学生离经叛道。这种结果的体现，便是那时的学生们在期末考试中或者是竞赛中获得了好成绩，老师便觉得脸上荣光有加。这后面的事，便足以体现那时对教育的重视了，白天要上课，教师们是没有时间来会晤学生们的家长的，于是在夜里，乡间的小道上便出现了奇怪的一景，成群结队的教师们，打着手电，敲着锣鼓，往得了奖的孩子们家中送奖状，每过一村，教师们的锣鼓打得喧天的响，不只是他们脸上有光，而是只要锣鼓到了哪一村，哪一村便骄傲起来，因为锣鼓十里八乡的都能听得到，这不是本村的荣耀吗？而锣鼓到了某村的某户前，其家里人更是高兴得了不得，这意味着自己的孩子比别人的强，所以笑容自然出现在脸上了。家长们对教师的尊敬，又多了一重。没有人像现在这样骂教师不敬业的，而教师们往往也不过只是坐了一会儿，喝上一两杯清茶，说上一些勉励的话，或者提一些缺点便走了，接着，我们便听到了另外的一个村里，又响了起了同样的锣声……

我那时是年年得奖，次次得奖的，这便成了我们村的荣耀。我们村在山里，老师们来时要穿过下面的一个大村子，那个村的孩子们读书都不用心，成绩都不行，很少有人在考试中获得名次的，因此，每次送奖状经过他们村的时候，他们的心情都非常复杂，转而要骂自己的孩子不用功，学习不好。我没少惹得下面的村子里的孩子们挨大人

的打，那些大人们总是在教训自己的孩子时以我为榜样，因此那个村的孩子们恨死了我，总是有人找我的事，我可也没少挨他们的打，他们甚至威胁我考试时要故意做错，否则便不客气了。得不得奖，我后来也没有兴趣了，但我仍然要答得最好，因为我在乎那时微薄的一点奖品，我家里很穷，这些奖品每年都能派上用场，够我用上一阵，不用再让我妈妈每天都惦念着母鸡是不是下蛋，以往学习上用的东西，都是用家里的鸡蛋换来的。所以，我即使是遭了打，也还是要努力的。为了防止打得太厉害，我还冒着危险，主动把考卷让下面村子的孩子们抄，这是我后来遇事爱妥协的表现之一。

由于我学习好，老师们很宠我，这便使我从小就养成了尊敬老师的习惯。那时的老师喜欢走访，即使有些孩子有什么问题，也不像现在这样要把大人们招到学校里去，大人们一天到晚，在田头地里忙得不可开交，所以老师便主动上门，找大人们谈心，交流孩子的学习和表现情况，取得沟通，达成共识。有时即使没有什么问题，老师也会在黑夜里突然出现在哪一个学生的家中，检查这个学生是否在看书，是否在学习。这样一来，我们吃过饭后，便点上油灯，赶紧趴在桌上学习，生怕被老师抓到后，会在第二天的全体集会上点名批评。教师是辛勤的，学生自然也不例外，所以那时尽管条件差，师资力量不强，但学习的成绩我敢说绝对不比现在的学生们差。那时的老师，敬业精神是多么让人钦佩啊，我记得有的老师在夜访时，不小心掉到田岸下去了，也有的老师不小心脚被蛇咬了，可他们那些好习惯，却一直保留了下来。我们也在知识的海洋里，游得更加畅快。

我小时得的奖状，把我家的墙上贴得密密麻麻，后来实在是没有地方贴，就只好把新的覆盖在旧的上面，对于我来说，它能解决我一时之需；而对于我父母来说，那些则是熨平他们心灵上痛苦的灵药。如今，一晃二十年过去了，我已长大成人，在大城市里安家乐业，大学毕业后过上故乡人过不上的日子，时代应该说进步了，但是我回去，看到乡下的孩子们，读不起书的竟然比以往还多，而且故乡小学的教学质量也一年不如一年，心里总是忍不住阵阵感慨。很自然，我想起了那些民办教师们，听人说他们由于不是公办，好多都被辞退了，而又有一些民办教师，由于转不上公办，只好另择他业，改途其他，看着那些失学的孩子们，我就想，这是为什么呢？

有一次，我实在是忍不住去看了我读书的小学。小学已被遗弃了，留下了一片断瓦残垣，地上都长出了青青的小草，这使小学成为名副其实的废墟，但正是这片墟废里，竟然培养出了那么多的好学生，相反，今天的小学，比过去豪华了不知多少倍，但教学的质量和教师们的素质，据村民们反映，实在是不敢恭维。正因为这样，使得一些孩子不想上学，大人们也认为他们读书没有前途。我就想，故乡这些年，到底是什么变了而什么又没有变呢？人们常说，知识改变命运，我故乡的人们，他们不想通过知识来改变自己的一生，难道还有其他什么更好的法子吗？对着那片废墟，我回想了许多往事，但最想说的是，但愿故乡昨日的美丽，能够成为永远永远……

|母亲的铁轨|

我看到了那条铁轨，一直延伸到无边的尽头。

我看到铁轨边长满了蒿草，密密麻麻的没有边际。

我看到密草丛的那边，是一个村庄，村庄不大，但炊烟永不停息。

我看到在那炊烟的下面，有低矮的瓦房。瓦房上铺满了干草，那黄色的墙，还有墙上由蜜蜂们打的洞，看上去百孔千疮。

我看到在那老掉了牙的房子下面，有一条狗，忠实地守在门前，只要有生人靠近，它就不停地狂吠。

我仿佛看到在铁轨的边上，有一个满头白发的母亲，她背着草，向铁轨的尽头处无声地张望。

母亲的衣衫褴褛，母亲的鞋子破乱，母亲的脸色苍白，母亲的皱纹密集，母亲的身材瘦小。

母亲立在铁轨的那边，张望着。铁轨的那边只是天空，无边无际的天空，有云彩、花草、小鸟、还有森林里数不清的树。

母亲的脸上镶嵌着失望。母亲的眼里隐藏着悲伤。

母亲的儿子，就是沿着这条铁轨走的，这一去，就是好几年没有回来。

儿子到外面寻梦去了，他的梦，很广很大，他的梦，很高很重。他一去，就没有回来。

儿子，却是母亲唯一的梦。她总是梦见他回来，沿着这条铁轨，像小时的那样，唱着歌，拍着手，一步一跳地向她跑来。然后，她把他紧紧地拥在怀里，不停地亲他。两个人便格格格地笑。

但他走了，他寻找他的梦去了。

母亲想，铁轨那边有着怎样的梦呢？母亲时时在想他，时时盼望着梦见他回来，大声地叫她一声妈妈。

可是没有。他从走后就再也没有一点音讯了。儿子不会写信，村庄里也没有电话，母亲不知道他在铁轨的那头过得怎么样。母亲只是无休止地想他，然后哭。哭了之后，母亲出工、劳动、洗衣服、做饭、睡觉。之后母亲再哭。

母亲有时想急了，就骂他，骂他死了，干脆死在外头别回来了。他是母亲唯一的希望哪，怎么好端端地从铁轨那边过去，就不回来了呢？母亲哭，母亲怨，母亲骂，但母亲又后悔了，母亲又埋怨自己了，怎么能诅咒儿子呢？怎么能骂他呢？万能的主啊，你保佑他吧，保佑他一切平安。只要他能平安，我愿意为他折寿。

母亲不断地为他烧香，母亲不断地为他祈祷。

母亲瘦了，母亲病了。

母亲来到那条铁轨上。母亲坐在那里。母亲总是不明白，为什么听话的儿子，本来在这里生活得好好的，却偏要跑到铁轨的那边去；母亲不明白自己的乖乖儿子，到底想到铁轨那边去寻找什么样的梦。

母亲恨这铁轨。村子里所有的母亲都恨这条铁轨。因为自从这铁轨修过来之后，那些人说铁轨那边的城市里如何如何的好，这使得村庄里的人不安分了，一个又一个的小伙子们，沿着这条铁轨走向了遥远，走到了无边的铁轨那头……

铁轨到现在还没有通车，母亲便坐在铁轨上。她把耳朵贴在铁轨上，仔细地倾听。

母亲做了一个梦，她梦见儿子在那边过着很差很差的日子，儿子瘦了，儿子累了，儿子哭了……母亲醒来后大哭。哭了之后的母亲赶紧跑回家里烧香和祷告。

后来，母亲便经常到这条铁轨上来做梦，只要她把耳朵贴在那冰

冷的铁轨上，母亲便能看到儿子，便能感觉到儿子就生活在她身边。母亲觉得儿子的心是和她相通的，连着他们母子的，便是这条铁轨。它像一条传感线，能让母亲在梦幻中看到儿子一切的一切。

母亲从此便经常到铁轨上来了。村庄里的人对母亲说，听说这样很危险呢。

母亲不信，她对人们说她能从铁轨上看到自己的儿子。

村庄里的人不信，母亲便让她们像自己那样把耳朵贴在铁轨上，但她们什么也没有听见，什么也没有看见。她们便想，母亲一定是想儿子想疯了。于是村庄里的人，一边咒骂着这该死的铁轨，一边离开母亲回村子里去了。

母亲想，这些人是怎么回事呢？怎么听不到和看不到自己的儿子呢？

母亲想着想着便哭了。

母亲还是伏在铁轨上做梦。这一回，她终于梦见了儿子，梦见儿子过着很好很好的日子，住上了很好很好的房子，吃上了很好很好的食物，还娶了一个很美很美的婆娘。母亲终于在梦里开怀大笑了。

不幸的是，工业化火车的引擎声，打破了古老村庄的寂静，这个庞然大物无情地冲了过来，母亲还没有从梦中醒来，它便把母亲压在了冰凉的铁轨下。

母亲的身体，成了两截。村庄里的人全涌来了，人们惊奇地发现，母亲的头部完好，而且，她的脸上，竟然一直带着微笑！

村里的人，把母亲埋在了铁轨的边上。他们想，母亲想听儿子说话，就让她听吧。

母亲的坟上，一年四季，没有人来烧纸，也没有人来培土。母亲非常寂寞，因此她的坟上很快长满了蒿草。

终于有一天，一个人哭着走来了。他跪在母亲的坟前，哭了三天三夜，哭得村庄里每个人都在夜里醒来，都觉得无限地悲伤。

这个人，穿着破烂的衣裳，顶着蓬松松的头发，脸色苍白，双眼无神，人瘦得只剩下了一把皮包骨。原来，他并没有寻找到铁轨那边的梦，双手空空地回来了，一无所有地回来了。城里，怎么能容得下这个只知道庄稼和土地的人呢？

　　这个人，是母亲的儿子。

　　他，在哭够了之后，从此也整天整天地像母亲当初那样，坐在铁轨边，失神地思考，失神地向着远方张望。最后，村庄里走出去的那些人，也都像他一样，一个个都双手空空地沿着铁轨走了回来。

　　他们不说话，也没有笑容。回来后便拿起锄头与铁锹，开始又沉默地翻耕原来的土地。村子里的人也不问他们，只是这时候，村庄里的人发现，母亲的儿子，不知何时又走向了远方。

　　村庄里恢复了往日的模样，平静得不能再平静。人们甚至懒得再往铁轨那边看一眼。尽管这时的铁轨上，每天都有火车轰隆隆地直冲过去。除了小孩们，好奇地坐在铁轨边，高兴地议上一阵，大人们在田地里，懒得直起腰来。

　　火车上坐着的人们，只是偶尔才看到那个村庄，那些从工业城市里出来的旅行的人们，没有一个人知道，铁轨旁边那个土包里，埋着一个母亲，埋着一个母亲的生命和希望……

　　我，也是一个浪子，长大后同样轻易地别离了母亲，要到远方去寻找证明。我后来流浪到了这里，听说了那个母亲和她儿子的故事。不知为什么，我也又泪涟涟的。

　　于是，我来到这个母亲的坟旁，给她烧纸，磕头，祈祷。

　　我看到了那条铁轨，一直延伸到无边的尽头。

　　我看到铁轨边长满了蒿草，密密麻麻的没有边际。

　　我看到密草丛的那边，是一个村庄，村庄不大，但炊烟永不停息。

　　我看到在那炊烟的下面，有低矮的瓦房，瓦房上铺满了干草。那黄色的墙，还有墙上由蜜蜂们打的洞，看上去百孔千疮。

　　我看到在那老掉了牙的房子下面，有一条狗，忠实地守在门前，只要有生人靠近，它就不停地狂吠。

　　我看着看着，便对着铁轨，对着太阳和天空，对着母亲的坟地，让泪水无边无际地奔流。

油　菜　花

　　至今，每去一地，看到金黄的油菜花，心里激荡的岁月便从记忆之缝隙中钻出来，让我流连忘返。好像母亲还站在油菜地的那边，对我招手微笑。

　　每年三月，故乡黄安的油菜花漫山遍野。四处像涂了金子的黄色，与像抹了颜料的绿色，让阳光一照，分外惹眼、刺眼和养眼。或是雨水时节，江南漫无边际的梅雨，扑撒下来。匆匆地穿过村庄的小路，那些油菜地的芬芳，直扑鼻孔，让人对野外产生无限的向往。而向往却跑不了太长，因为油菜地那边，就是山和山峰。那是黄安革命者们当年曾翻越的地方。当年，他们也像我们那么大，大多十几岁便参加红军，到山那边革命去了。当一季季的油菜花谢花开，最后却少有人归来。他们中，一部分人牺牲在革命路上，一小部分人在城市里当官安家，再也很少回来。母亲说，每当油菜花开遍，多少人望眼欲穿，最终，山路上经过的，都是外乡人。革命者们再也了无踪影。我们家族如此，黄安的村村寨寨如此。

　　我那时不懂革命者，也不知他们翻越山那边所追求的理想。我最喜欢在阳光普照的时刻，走在油菜地里，看蜜蜂在花间飞舞，嘤嘤嗡嗡地乱窜，偶尔掠过我的前额，让我瞬间有点惊慌失措。那时乡下都穷，革命前与革命后都是饥肠辘辘。田野里那金色的花与绿色的枝叶，在田野里总是给人一种希望。希望曾是山那边的事，那些革命者们的英雄事迹停息之后，后来便变成每个乡间游子的愿望——几乎每个人都盼望着离开田地，离开大山，离开故地。

　　我那时同样如此。躺在开满油菜花的田岸上，一个劲地胡思和乱幻。阳光射在花上，折射在叶上，打在我的脸上，让我觉得自己迷迷糊糊的。我甚至怀疑，为什么如此贫瘠的土地上，生长的庄稼竟然是如此金黄！我于是经常为自己生活在如此偏远的乡村悲哀，为自己在山那边没有任何熟悉的物什而自卑失落。但没有谁会在意我的失落，草一年年照旧谢，花一年年照旧开。我只是伴着田野，打草、扯草、拔草。那时，父亲的希望都在田野里，都在庄稼上。他的目光飞不过田野，像花尖上的蜜蜂，只在意那一亩三分地。而我，虽然也在田野里，却总是喜欢在斑驳的阳光下，幻想着山的那边会有奇迹。山那边偶尔进来一个陌生人，就让我在田野里踮起脚尖张望，在一丝惊慌之中，看到那些人穿着光鲜的衣服，在阳光与绿色的田野中晃眼，于是我的头便慢慢低下去，看自己的脚尖。那时我还光着脚呢，有一条菜花蛇甚至从我脚边滑了过去，对我不屑一顾，连咬我的欲望也没有。我于是含了一根草，我们把它叫作毛针——一种抽芯后可以吃的——我坐在油菜田里，看着金黄色的花把我覆盖，一边幻想未来的时光。但我知道，这纯属胡思乱想，这些幻想，穿出了油菜地让我父亲看到，多半要挨他的耳光。一切不合实际的行为，在父亲面前的收获只有一种，耳光加上巴掌。

　　我于是不喜欢待在家里。那时乡下的人真多，人们在地垄里劳作、锄草、施肥，也在山间下播种花生。花生多半是套生的，有的种在油菜田里，有的种在小麦地里。村庄里没有一片闲田，也没有一个闲人。放学后我们不是被大人们赶到地里打猪草，就是扯田地里的野草。我多半

是打猪草，我家的猪每年全靠我喂呢。饲料不够，我放学后便要到地里打野草了。那时我认识各种各样猪们喜欢吃的野草，因此把每年的猪喂得又肥又胖。我惦记的是我们家的猪，它对我有感情，每天我回家它便跟在我身后转圈，哼哼唧唧的，像个孩子。我也舍不得它，以至于每年年关杀猪时，我都要撕心裂肺地哭。那时乡间的大人们的脾气都非常暴躁，我父亲尤甚。我一哭他的耳光便飞过来了。在我童年时期，他的眼里对我全是敌意，不像我今天看自己的儿子那样温柔。我只要是偷一点懒，或者在油菜地里胡思乱想一会儿，父亲发现后便会有耳光飞来，一种响亮的声音在我的脸颊与他粗糙的巴掌中飞扬，我像油菜地里惊飞的鸟一般逃窜。委屈的泪水只有对着油菜花流。我不喜欢回家，只在地里和山里头转来转去。我羡慕树头上的小鸟，飞过山头，可以随意歌唱，而我，却始终看不到丝毫飞过山峦的希望。

在油菜地里待的时间长了，我便非常喜欢金黄色。迄今我一直认为，这种金黄色胜过了一切色调。金色的梦和黄色的希望漫无边际地生长在我的心头。我夸张地对父亲说，总有一天我会走的。父亲不信，骂我说大话，而母亲总是护着我。记忆中，她总是站在田头地垄，太阳出来时，汗水便从她的脸颊渗出，在阳光下晃眼。其实母亲的脸晒得很黑，她的眼里总是盛满忧伤。这让我觉得偶尔路过村庄的风，也带有了这种忧伤的气息。于是黄安城山上的树，虽然一片又一片的，但与这原野里的金黄相比，却显得那样暗淡。母亲一边劳动，有时也会对着原野一边唱歌。她的歌很古老，大都是一些关于黄安人曾经出去闹革命时唱的歌曲。那些歌曲，像白云飘荡，有时欢声笑语；又像河流汹涌，有时无比忧伤。当然，母亲偶尔也有时坐下来，招手让我过去，对我讲她幼年时跟着大人们在我们黄安的山上逃难的旧事。无非是国民党的兵或日本鬼子进村扫荡了，往往是枪声一响，村里逃得干干净净，敌人一把大火便将村庄烧个干净。再后，当枪声停息，人们纷纷从山上下来，再建村庄。母亲讲这些事时，我便觉得油菜地里，从此便有了革命的气息。那些革命者们，善于打伏击，枪法很准，以至于到了油菜花开的季节，鬼子不敢进村，还乡团不敢叫嚷。于是，人们便纷纷盼望春天，盼望油菜花开和小麦抽穗的日子。那时，村庄便变得格外平静。

现在，革命者和他们的敌人一样，都渐渐并最终彻底消失了。村子里的人又渐渐多起来，生活又慢慢恢复平静。我们本吴庄的小孩们一拨拨的像油菜花一样疯长，一茬茬的很快就长大成人了。金黄色的田野，便成了村庄的希望。收成的好坏取决于天气，而大人们脸上的阴晴取决于脾气。我父亲常常喜欢动手不动口，所以我便也得以在油菜地里，多消磨一些童年的时光。偶尔，我有时也与村子里一般大的孩子在油菜地里打仗，拿着自制的木枪，把自己在地里藏得严严实实。那时，我多半是孩子王，不管大的小的，都喜欢站在我这个队伍一边。我便也在自我陶醉之中，无限地放松，乃至于连蛇也不怕，直接躺在草中睡着了。直到我姐姐的饭煮熟了，她站在门口高喊我的名字，最后跑到田野里找到我，用脚踢醒我时，我才慢慢吞吞地从梦中醒来，回到无比饥饿的现实。也就是在一个春开油菜花开之后，由于我们家供不起两个人读书，我姐姐便主动承担了家务，走向农村广阔的田野，不再读书了……

许多年后，我连滚带爬地努力，终于挣扎着离开了那儿，来到异乡。异乡属于城市，除了大商场里的金色饰物，看不到一点活生生的金黄色。那时，我要翻过山峦的梦彻底实现了，但也丢掉了许多金子一般宝贵的东西。那时，我们本吴庄里的年轻人，一窝蜂都跑到城市打工去了，田野里种的油菜也就少了。美丽的田园慢慢荒芜下去，无边的杂草迅速占领了阵地。偶有几亩鲜艳的油菜花在山间像一条黄色的带子在空中飘动，也仅是杯水车薪，再也没有当年的美景了。而那些与我一同玩打仗的人们，都四散于祖国的四面八方，每个城市都有他们的足迹。我们再也不曾在本吴庄遇到过。他们留下的孩子，每天伴着那些老下去的爷爷奶奶，在擦黑便熄灯的村庄中，陷入了更为

漫长的沉睡。有好几次清明节，我回故乡时，站在那熟悉的田埂上，闻到油菜的花香，看到蜜蜂仍在花间飞舞，突然便泪落下来。我问自己，为什么有的时候，我们人类还不如一条狗那样忠诚、不如一只蜜蜂那样执着地爱呢？

我回答不了。因为那时，我回本吴庄去只能见到母亲的坟地了。她的坟埋在山头上，那块她自己生前选的地，与本吴庄的墓地隔开了。在她曾歌声洒落过的大地，我已找不到原来的记忆。每次，我在城市里梦见母亲，总是担心她穿过油菜地后就会迷路，而真正迷路的，其实是远在异乡城市中生活的我。我们几乎经常迷失在城市那钢筋与水泥的森林中，不知所以，不知所云，不知所往和不知所终。

药 草

我几乎能分辨出黄安县的种种药草，不管你信不信。

从小，我们那里的赤脚医生，用的全是带盒子的草药来治病。黄安城，原来盛行草药治病的传统。革命者们在山林里打仗负伤或得病，全靠草药治疗。到了我们那一茬，幸存的革命者进了城，不再用草药而用西药了。但黄安县里的老百姓，又有几个用得起西药？草药，也便成为我们治病的全部记忆。

草药来自于药草。黄安城有各种各样的药材，我们本吴庄附近的山头，最多的是苍术、桔根、蛇扇子、柴胡、鱼腥草……这几种药草在当地最流行，代销店里就收这些东西。我们村子里人们的额外收入，也是靠这几样药草换来的。大人闲了时挖，我们几乎是有时间便上山去挖。虽然那时山上有狼，有毒蛇，有野蜂，但我们不怕。大约从五岁起，我们便开始跟在大人屁股后上山扯柴胡。柴胡在山上的产量最大，几乎我们黄安的每个山头上都有。在印象中最早扯柴胡，还是我父亲被生产队承包砍窑柴那年。所谓砍窑柴，就是村子里要烧砖盖屋时，将土坯放在窑里烧制，需要大量柴火，一烧就是三天三夜。我们黄安少煤，只能烧山上的柴草。父亲常常是从一个山头砍过去，从山脚一直砍到山顶，柴草一汪汪地倒下，晒干，然后一担担地挑回来，码在村头像小山一样。父亲砍柴时，边砍边能遇到柴胡，砍掉了可惜，要弯下腰去扯，又费事误工。于是，有一天，父亲便把我和姐姐带上，让我们在前面把柴胡扯起来，他再砍过去，便不痛惜了。

扯柴胡一般是在夏秋。那时天气正热，我们掉进人高的茅草里，像在丛林中行走的动物。早晨的露水沁入骨中，像一根根寒针，挨着骨头走；而一到了上午八九点钟，太阳从空中射下，衣服和草丛的水汽一蒸腾，仍然像钢针一样扎在肉上。但父亲砍得很快，我们必须把柴胡扯完。常常一捆捆的晒干，码在一起，挑到镇上去卖。其实也卖不了多少钱，但大体可以补贴家用，也可以挣点学费，不至于在上课时因为没有交齐学费被赶出来。更多的时候，我们不是跟在父亲到大山上，而是三个一伙五个一群，从这个山头窜到那个山头。村中的哥姐们跑得快，我个子小，经常跟不上。一边怕走丢了，一边又怕狼和野猪，所以有时也蹲在山头上哭。但哭归哭，还是要尽量跟上的，便又扯起脚跟着他们跑。好在我能吃苦，一般扯的柴胡，并不比他们少。

柴胡过了季节，我们更多的是挖桔根和苍术根。桔根开花，那苗一眼便可看见。桔根又比其他的药草值钱，所以大部分时间，我扛着一把小锄，提着一只篮子，满山满野地挖桔根。桔根挖回来后要先剥皮，在水里洗一下后放在阳光下暴晒，等干后再送到供销社去卖。那时一般是一块钱一斤，在我们眼里还是挺值钱的。虽然一天也挖不

到多少。至于苍术根，因为叶子刺手，加之不怎么值钱，一般不是我们的首选。苍术根挖回来后，还要等晒干后把毛烧掉，往往弄得人黑不溜秋的。当然，我们有时也挖蛇扇子，这种东西一般长在潮湿的地方，很少，但也比较值钱。

在少年时的记忆里，我们村庄周围大大小小的山，从山脚到山腰再到山头顶，我几乎都跑遍了。每年哪里会长什么，第二年我会准时到达。所以，后来我总是比村庄的人们挖得多也挣得多。以至于后来，他们便喜欢跟着我一起找药草了。

药草符合条件，便要送到镇上去卖。镇上收药草的那个中年人，听说是从县城下来的。他个高，脸黑，不苟言笑。为此，我们总是要看他的脸色，比如，嫌你的药草没有晒干，嫌药草太嫩。他同意了，就过秤，不同意，还得拿回去。所以，每当看到他时，我都紧张，生怕他说不合格。因为是替公家收，他想说谁不合格就不合格。但很快，四乡八里的人都喜欢去他那儿卖药草了。老一点的，喜欢看他老婆，他老婆很漂亮，对人说话也和气。这样好的女人，听说他却老是动不动就打她。至于年轻一点的，包括我，也喜欢到镇上去，因为黑脸有两个女儿，那个大女儿，穿着白色的裙子，也显得很漂亮。要知道，在我们黄安县本吴庄周围，有谁家的孩子还能穿得起裙子呢？但问题就在，中年人训我们时，如果遇上他女儿在，我往往觉得脸上很没面子，头便跟着低下了。去镇上的次数多了，便产生理想了。那时最大的理想，就是希望以后能到隔壁的供销社里，当一名光荣的售货员。那些供销社的售货员们，大热的天，也不用出去，就是坐在有糖味散发的屋子里，扇扇子，嗑瓜子，聊天，看上去非常舒服。她们自然不用像我父亲他们那样，天天风里雨里雪里，面朝黄土背朝天，还吃不饱穿不暖的。但供销社里的人，对来买东西的人爱搭不理的，又让我特别反感。

挖草药基本上到初中为止。上了高中，到更远的地方上学了，偶尔有时间回来，也跟着我姐姐一起去挖过，但次数渐渐少了。那时，我姐姐已彻底加入了劳动大军，全心全意无怨无悔地供我读书。我偶尔手中有点零花钱，全是我姐姐挣来的。所以直到今天，我还觉得欠她的。她的孩子转眼也上高中了，每次提到挖药草的事，姐姐像没事似的，而我总是感觉有泪水要从眼眶中掉下来。

|回望雾后的村庄布满忧伤|

二十多年后，一个偶然的机会骤然还乡。

走过没有读书声的小学，走过余音绕梁的庙堂，走过空荡荡的田野，走过一山又一山的迷雾，一个游子自远方归来。空气中飘着泥土的气息。曾经陌生又变成熟悉，这曾是村庄。许多年以后回望的村庄。有雾，盖着整个山野，几步之外，可闻人语，却见不到人形。有狗叫从雾那边穿透，让人觉得往日的亲切。有时，沾满露水的小草，会亲切地舔着脚脖。沾衣欲湿杏花雨，吹面不寒杨柳风。山村永远是那样安静，安静得令人觉得自己不曾在这里爱过与恨过。

我一抹眼泪，恍然惊醒：我这是哭了吗？

想年少时，青丝如墨的我是那样咬牙切齿，多么盼望自己能早日从这里走出去；可若干后，人生半百，白发绕边的我又是那样脚步轻轻，生怕惊醒了故里千百次踏月归来。

越过几道山坡，有时根本看不清对面还有一些什么。因为大雾常在。走过一坡又一坡，很少见到行人。你根本想象不出，一个乡村卯

在中国地图上那种无声无息的委屈，当然，这种委屈是许多年以后，人走出乡村才感受到的。人身在其中的时候，许多东西并不知道就是那种感觉。就像山中的花草，一年年生长，谁也不知道脚边的花草有何价值，但突然一天，这些花草到城市，突然变得那样值钱了，山中的人便也知道了草的金贵。这就证明了一个道理，世间的万事万物都是有用和有价值的，我们并不在意它的存在，是因为物非所值，用得不在其所。人，何尝不是一样的呢？

最喜欢在黑夜中回去。黑夜中回去虽然有些害怕的感觉，好像蛇要出洞了，狼要下山了，鬼要在路上撞人了。但黑夜远处的灯光，常常给人以希望。特别是在失败的时候，远处的灯光就像无常的理想，也许藏有神秘的天机，突然要给人一个成功的惊喜。

但惊喜毕竟太少了。我小时候，很喜欢这样的惊喜，能让母亲看到，能让母亲体味儿子成功的滋味，但失败就像蛇一样，老是缠在梦里，变为让人颓废的现实。母亲在村头望了一年又一年依旧的风景，我在风中体味了一次又一次眼泪的冰凉，最后，母亲与山川化为一体，我却远离了那里的一草一木，流落到北方千里万里外的城市。回望村庄的雾，已变成模糊的记忆，挂在同样湿润的眼角。关于村庄，关于稻谷和牛羊，关于青草的味道，已永远成为翻过的一页，长存在一个不被人注意的角落里。只在酒后，在午后的风中，在清醒了的子夜，突然变成一种令人忧伤的情绪，一点点聚集，最后又一点点散去。关于记忆中模糊下去的灯光，就像母亲曾盼望游子归来的心绪，也在岁月的长河中渐渐陌生下去。我于是相信，在城里长大的儿子，不知道他奶奶曾经的喜怒哀乐与苦辣辛酸。所以，他也不会关心与理解我的过去。

或许，命中注定了我们七十年代初期出生在乡间的一群，是走落的一代。远处，你融入不了城市；近处，你同样融入不了村庄。无数次我在进村前，总要让自己平息呼吸，生怕因加重的呼吸，妨碍自己的心跳；而无数次阔别之时，我又要无数次回望，回望山梁上母亲的那孤独的坟墓，回望村头那棵柏树百年的孤单，回望一垄山脊上那密密麻麻的杂草，回望那炊烟袅袅的老屋……我真希望身边还有三十多年前那条小狗，它甚至连肉骨头的味也不知道，但它跑前跑后叫得真欢，始终恪守着那个时代"不怨家贫"的忠贞；我真希望能够看到村庄中那些庄稼佬们熟悉的笑容，但年老的大多作古，有的甚至连张照片也没留下，与我一同长大的又流落他乡打工，仅有那些不知名字的孩子，跟在身后用好奇的目光打量着我们这些外来的陌生人，他们不知道，我们原来也同属这个村子，同属这块土地。

在大雾里父亲的咳嗽声中，我伸手抹了抹眼睛，便又奔向另外陌生而熟悉的城市。我知道，随着白发的增多，这样回乡的机会必定越来越少。我感觉不舍的大雾，笼罩了我全部的心事，让湿漉漉的心事，沿着小路的叮叮当当，忽然间觉得自己也陌生了下去……

印象广西之德天

德天原来是不去的。后来听说与越南接壤，还有跨国的瀑布，便欣然去了。一路要坐四个小时的车，虽然背痛，但仍然觉得值。

德天的瀑布无疑是美丽的。茫茫的山野之上，一溜的瀑布长泻而下，像几条白带挂在山上。我们的相机基本上没有停过，船上的同行者还用救生圈，摆了一个五环奥运的造型，欢笑声在中越界河的河面飘荡。但我与他们去德天看瀑布有所不同，我主要想看看两国间的差异。事实上还真的看到了。

　　瀑布是中越边界。界河就是瀑布的下游。导游说，露出水平的陆地属于越南，而河面是共有的。从南向北，我便强烈地感觉到了中越之间的差异。在我们这边，全是水泥路、柏油路甚至石板路，而对岸的越南，则全是土路；在我们这边，全是各种各样的车，不乏奔驰宝马，最次的乡民也骑着摩托，而对岸的越南，基本上是自行车的天下；在我们这边，旅游的人一拨又一拨，而对岸的越南，基本没有人来旅游，我去的那天对面没有一个旅游团。后来我们在江面上泛舟，也仅看到两个衣着稍好一点的年轻人，在河中间的岸上观瀑布，连相机也没有，仅拿出手机照相。河面不宽，可能是水季不盛，我们的舟可以靠在他们的岸边，但就是不准上岸，因为对方就是他们的国土。一个稍有姿色的哨所立在那儿，他们的边防军倒没看见，但导游和当地人说，他们就在那儿观察着。远远看上去，我们这边的生意兴隆，而对方却像深山老林一样，除了一个岸边堆放着大批的自行车，基本上见不到人。见到人的，也是牵着牛或开着拖拉机，在灰土路上跑来跑去。我说，战争真不是个东西。越南人打了那么多年的仗，应该从战争中悟出什么。同时，我便也觉得一个国家的强大是多么令人自豪。于是一时兴起，就在河面上，带头指挥船上的人们唱了一曲《一条大河》。特别是唱到"这是美丽的祖国，是我生长的地方"时，我看到对岸的人都向我们张望，那两个拿手机照相的年轻人还拼命地拍我们唱歌的镜头。因为就在十几米外，一切清清楚楚。作为军人，我对大家说：以后真的不要战争，这可是我们亲眼所见啊。

　　后来我们上岸，到边境处买东西。一条集市一字排开，不时有越南人从身边走过。当地人介绍说，边民可以互相来往，不要边境证。而我们却不能随便越过，即使连界碑旁也不能去。问其原因，说是南海发生了一些事情。我看到，不时有对方的边民过来送东西，一问，原来我们这边有人帮他们搞批发，他们负责提供货物，由这边卖，卖完之后一起算钱。再问，过去这里国境上是双边可以直接交易的，有不少越南女人为此还嫁给了这边的中国当地百姓。他们还说，越南虽然是社会主义国家，可战争之后，男人少而女人多，因此男人同时可以娶几个老婆，且不负什么责任——负担家庭、养孩子和种田都是女人的事。但即使这样，中国人也不愿去娶亲，因为对面太穷了。因此，在这里，多半是越南女人嫁过来，而中国的女人不愿嫁过去。于是，有关计划生育问题就面临着一项空白：如果我们这边查得紧，她们就带着孩子回娘家，等风声一过，又接着回来过日子。也等于说，她们一年免费回一次娘家，遣返费是由中国政府出的。

　　站在两国交界处，我不时看到有越南女人带着孩子在这边采购后回去的样子。她们一般穿着拖鞋，衣服很旧，面黑身瘦；而她们身后跟着的孩子，一般是低头不敢看人，背着东西匆匆而过。战争带给每个人的心灵创伤，看来仍然没有康复。我特别同情那些无辜的孩子，其实战争与他们有什么关系呢？枪声已熄，而后遗症犹存，从他们低头不敢看人的脸上，我读出了贫穷对一些孩子的心灵来说意味着什么。因为那些东西，都曾是我亲身经历过的。所以我站在两国的边境边，默然许久，最后仅是一声叹息：千万不要战争！

　　回来的路上，车辆穿过夜色。夜色中带有匆忙，偶尔有乡间的灯火一闪而过，让人感到人生的寂寞。不知有多少曾如我等之人，蛰伏乡野之间，在挣扎，在徘徊，在低唱，在怒吼；不知有多少人的理想，永远只是在路上，有些人终其一生，亦未尽能够得到施展，夜风吹过的叹息，撒下了人世无限的忧伤。一个短信的来访，竟然差点惹出了我的眼泪。毕竟过去的一切，就如广袤无垠的乡村，一个人的命运如何，没有人知道，就从生到死，最后藏于地下不得声张。

老 乡

可能是因为在老家受过的挫折太多，所以远离了那块土地后，我的老乡观念并没有战友们那么强烈。因而最早老乡来找我时，我并不是很在意，老乡一见面便用老家话对我说，我们是老乡呢，以后要互相关照。

在我那时的眼里，以为关照这个词是一些人相互利用的理由，因而怀有本能的抵触。原因还是在于我童年与少年的时候，那些世态炎凉的滋味正是故乡人所赐予我永远的回忆。因而当老乡说出这句话时，我只是随意地点点头而已，在后来的生活中并没有放在心上。只是偶尔在路上碰见了，彼此之间打个招呼而已。老乡每次都非常热情地说，到我家去吃饭吧；或者说，工作忙了，要注意身体；再或者说，你也不小了，该找对象了。

我只是随意地点点头，心想老乡不过是客气而已。可老乡每次都这样说，而且出自真诚，多少还是让我有点感动。我在机关工作，老乡在基层，基层的许多事都是要通过机关来办的。我便说，以后有什么事我能办的，你找我。老乡只是笑笑，从来没有表态，也从来没有因为私事来找过我。

老乡说话并不太多，但每次碰见了，总是非常高兴的样子，拉上我的手说几句话，而且都是家乡话。我出来的时间长了，不太爱说家乡话，因此有些别扭，可听到老乡说家乡话，我也不好意思不说。老乡说，听听家乡话也是享受啊。我觉得老乡说这句话有些夸张，家乡话是种享受我可不敢恭维。离开故乡太久了，说家乡话有些生疏了，难免结结巴巴的。因此有时候我故意不用家乡话说，免得旁边的人在一边听着时有些别扭，但老乡每次都用家乡话说，他根本不在意周围的人。有次我一个同事在一边说，你这个老乡是在与你套近乎，肯定有事要找你。我笑笑，不语。但老乡的确没有什么事找过我，我甚至听说，有些事本来找我可以办得更顺利些的，但老乡总是按程序，一步一步地来。这样老乡倒让我心里有些看法了。我想，老乡也许是想，不找我他一样也能办事吧，便觉得老乡有些看不起我。可老乡每次见到我，与以往并没有什么不同，也不提起他要办的那些事，倒是非常关心我个人的情况，比如说最近工作是否顺利呀，身体还好吧，家里有什么困难没有，找对象的事怎么样了，等等，都是些生活中的小事。遇上我生活中有些事不如意了，老乡好像是算命先生似的，跑来拉我去喝酒，我不去，他便笑着默默地陪着我坐一会儿。我的话少，他的话也少，两个男人静坐着，无非是他抽根烟，我喝杯茶，也就过去了。

　　体味到老乡的好处有三件事。一件事是我病了，住院时很寂寞，每天老乡下班了便陪我聊天，每次还都要拎一点鸡汤或排骨什么的，很合我的胃口。再一件是失恋时老乡也不知怎么知道了，买了几个凉菜提了一瓶非常普通的酒，到我的房子里来喝，对失恋的事老乡一句也没有问，我也一句也没有说。两个人默默地喝着，最后我大睡一场，他醉醺醺地走了。第三件事是有次外地来了一个朋友，我工作太忙，没有时间接待，是老乡知道了，他抽出时间来陪外地的朋友玩，吃喝住全解决了。朋友走时与他依依不舍，面对我的惭疚和感谢，老乡只是笑笑，不语。

　　从此与老乡的交往便多起来了，从此说老家话的机会也多起来了，可由于我工作太忙，机关在外面的应酬也太多，加上我对老乡的观念也的确太淡薄，我不像有些地方的人那样一团一团地抱伙，因而我们的交往依然停留在"君子之交淡如水"的境界。

　　我是个粗心的人，等老乡告诉我他要走时，我才猛然发现自己心

里装满了惭愧。说起来，对老乡的事我知道的并不多，我并不知道老乡与妻子已离婚了，不知道他的孩子判给老婆了，也不知道老乡是自己要求转业，因为他不走，他们科里其他的人便得走一个，而其他的人，是不想走的。

走的那天我主动去送老乡，那是我第一次请老乡喝酒。老乡还是淡淡地笑着，什么也不说，我也什么都没有问。我们两人那天喝得特别多，话却特别的少。老乡说，这是在北京最后一次与你说家乡话了。他一说我便觉得心里翻江倒海，虽然那天的酒喝多了，可觉得自己的老家话说得特别顺。把老乡送上车走时，他把头从窗子里伸出来，对我挥手，我忽然觉得老乡很孤独，也觉得自己在站台上很孤独，车一动时我的眼泪便掉了下来。老乡没有看见。火车便哐当哐当地开走了。

从此再也没有见到老乡了，也没有听到任何有关老乡的消息。可每次走在单位里，我却时常想起老乡来，想起老乡在院子里碰见我时那孤单而又常常把微笑挂在脸上的情景。我问自己，老乡在这里时我并没有觉得他生活在我的身边，可老乡走后我为什么又那么想他呢？

这样一想，我便觉得自己真不是个东西。

老乡走后从来没有写信来，我也没有写信回去，但心里却时常想问他一句：老乡，过得还好吧？

曾经那梦想无边的大海去了何方

2010年的海，还像原来那样。

风是从那边落下来的。海的那边微波泛起。一轮又一轮的波浪，不屈地冲向沙滩。

一张白色的椅子，孤独地立在沙滩上。

你幻想过在沙滩上建立梦想之城了吗？少年时或许有过。

但许多年后，这种情景不再。因为，我们在逐渐老去，再去看海，与年轻时相比，感觉海更像自己的当初。而此时的我们，已像沙滩上的细粒，任海水推来搡去，推到哪里算哪里。

只有连接了自己未来的儿子，跳入海中，便乐不可支，一发不可收。玩得高兴处，他干脆不上岸来。那是他的梦，也是我们曾经年轻时，渴望的那些东西。

但是，人，为什么在努力得到之后，又怅然若失？

记忆中的2000年，我第一次去看海。

那时热恋。在看美丽的海的同时，带着美丽的她。

我们站在海边相拥，任海风吹着，心中充满喜悦与激动。仿佛觉得，人生的一切像海一样辽阔，充满神秘与莫测的同时，也布满了生机与希望。

后来，时空转换，日月轮回，光阴荏苒，人生发生了许多变故。当初的一同去看海的那个人不见了，并且永远不再出现在生活里。

再去看同样的海时，身边已换了不同的人，我们称之为亲人。

其实，很久已不见的她当初也是亲人。只是海仍在，沙滩仍在，但没有了我们的脚印，没有了当初的笑声。一切，从此了无痕迹，杳无音讯，再无联系。

在同一个城市生活的你，过得好吗？海还是那样的海，希望你也像海一样，还是原来的自己。尽管，我知道，这是完全不可能的。因此，生活的美好与命运的莫测，都只能属于假设。

> 我幻想在美丽的沙滩
>
> 能建起美丽的房子
>
> 守住我们说过的一切
>
> 面朝大海春暖花开
>
> 任它朝朝暮暮海枯石烂……

从此，这样的文字，只属于记忆中的沙滩。

因为时间一晃，刚好十年。十年过去，一张笑脸也足以笑得皱纹满面。

2004年的海，是希望中的海。那时亲人从遥远的新疆来玩——如果没有她们，真不相信我会不会还能拥有今天——小小的儿子提着铲和叉，跟在她们身后，拾起了属于童年的故事。在美丽的沙滩，他用沙砾筑起了属于自己的城堡。

直到海水将那些城堡慢慢抹去。我听到儿子在沙滩上绝望地哭。

想起2000年的那一天，曾经的那个她问我们见到海的感觉。

我说，害怕。

她说，一个人见到海的感觉，就是对爱情的感觉。

那么，我对爱情就一直是害怕了。

而2010年，儿子再一次来到当初来过的地方，已将这一切忘记。

他只是一如既往，见到大海便往里面跳。

按她曾经的说法，那么儿子将来的爱情，必定是一往情深、奋不顾身的。

这样不好。或许，也未必不好。

只有从此跟定了我一辈子的另一个亲人，始终平平静静。她坐在海边，单纯而又简单。

我问，你看海有什么感觉？

她说，我只看着你和儿子，什么也没想，什么感觉也没有。

或许，平静的海面，才会是海的真正常态。即使我们在温水般的生活中，盼望着生活仍有奇迹出现，盼望有一天风会更大雨会更狂，但风总是要有停息的时刻，水总是要有安静的瞬间。

而我们，也在某一个平面上，必须始终生活于静态，用心来倾听大海深处的声音，找回自己心跳的战栗——不管它是不是我们永恒的爱情，明年，我们还一样会来。

从此看海不为新鲜，只为拥有当初那一份感动。

雾 气 来 时

我望着窗外的雾。窗外的雾密密麻麻。一切朦胧在咫尺，一切熟悉在远处。

来到城市，特别是娶妻生子后，整日为生活奔波，已经很少抬头看天空。即使看，也是为出行作参考。而记得年轻的时候，一个人，

常常奔波在不同的城市异乡，看天空，观星星，望云彩。有时，还一个人坐在城市黄昏的路边，看行人，看匆匆忙忙的行人，通过他们脸上的表情、眼神的动作与行动的快慢，猜测他们在想什么。

那时，记忆最深的，是夜里特别是寒冬的夜里，那些骑车拉着水果卖的妇女，弯着腰，推着车，坚强地走在街道的巷陌。她们的身后，有时还跟着自己流鼻涕的孩子。每天看到时，我都要投过尊敬的目光。我那时就想，人与人咋就这么不一样呢？有的女人在男人的怀抱里，生活得那样幸福；而有的女人，却只能在寒风中，去挣来幸福。

后来，经历了更多的世事，我明白：有的牵着狗四处遛的女人，不一定生活得比寒夜里卖掉了一个苹果的女人更为幸福。

生活拉拉杂杂的，太平凡，也太琐屑。还等不到自己明白，我便也在异乡的城市恋爱、结婚、生子，并成为一个彻头彻尾的房奴。上有老下有小的生活重担，让我在城市里变得像当初坐在街头上望的那些人一样，成为千千万万匆匆忙忙中微不足道的一个。

我干的大部分工作，是在机关写材料。材料是机关一项基本功，它永远没完没了，无始无终，有用的，没用的，真话，套话，都逼着我在洁白的纸上涂得一团漆黑。好在后来用上电脑，便不再谋害森林了。但即使是最没有用的废话空话，也要用真情真心来写它，把它写得完美无缺，天衣无缝，逻辑严密。人生就是这样，有时从年轻时决定了的事情，以后就没得选择；年龄越大，选择的可能性越小。而我看到，身边多数人，除了做官，大部分都是不喜欢自己的工作的。在工作中，已失却了年轻时想要拥有的快乐。而做官的人，多数人格已发生了变异，甚至于变态，欢乐是另一个层次常人感受不到的享受。少数平和如众生的人，又做不了大官，影响也是微乎其微，还得把腰躬着，把嘴磨着，把笑揣着，把尾巴夹着。不容易啊。

大量的文字材料，已让我没有时间去看天空。天空怎么样，只是年少的猜想与年轻的梦想。材料完成，我们只看领导的脸色与批示。

领导点头了，说明黑夜没白熬，黄尿没白撒；批示通过，说明一堆文字总算找到了合适的去处。

有一天，当办公室的人走尽，我看到天色阴暗，便偶尔抬眼望窗外。窗外被雾笼罩。我生活的北方城市，都在一片雾中。只有近处的高楼隐若闪现，还有几棵长高了的陈年大树，枝条迤现。我还听到街道上奔跑的车声与不耐烦的喇叭声，透过窗户传来，让人觉得心情烦躁不安。原来，我一直生活在噪音之中，置身晴朗天空时却并不以之为怪。

过去，我也是个机关新手，到达这幢人们走路都尽量不出声的大楼时，还觉得奇怪。年轻意气，欲冲破万千樊笼，便故意在走廊里吆喝，让领导和老同志吃惊地看我。我旁若无人，谈笑风生。后来，锐气渐散，终于有一天悟透为何同来的年轻人，一个个辉煌了，腾达了，才懂得世事，早在生来的文化中就播下了预兆的种子。等有一天终于也变得蹑手蹑脚时，机会却不再有，时机已不再返。错过了年龄的种子，想要开的花也仅是昙花一现的。铁树开花的现象并不是没有，但那是人人都知道人人都要烂在肚子里的潜规则。毕竟，机关处处有机关，个性是遥远时的失落掉了的梦，笑脸其实有时就是割肉的刀子。

今天，终于发现了雾。雾在南方故乡的小城，小时常见，还很兴奋。到了北方的大城市，雨少，晴天多，风大，雪天多，便不在意雾了。有一天晚上，应酬归来，在街上突然起了雾，车走不动，坐在车上的人都在骂雾大，骂气候变暖，骂环境恶化，骂地方政府不作为。我开着车，慢慢前挪。他们骂他们的，我开我的。我要做的事，是一个个把他们安全送回妻子盼着丈夫、孩子盼着父亲的家，而不是跟着他们一起骂。其实我知道，这中间，也有我们大家的贡献。个个都抢着买车，还要比谁的好；个个都吃喝拉撒，为城市污染作努力。送到家时，大家作鸟兽散，仅我一个在开车回家的路上，忽然觉得迷惘。原来非常熟悉的路，在雾中绕了一圈又一圈，就是找不到回家的方向。我于是突然问自

己：进入城市，我到底丢掉了什么？又在寻找着什么？

说不上。也许太多，也许没有。来不及思考，我还得寻找回家的路——是通向一个新的家的一条新的路。故乡的那条路已渐渐遥远，而这一条路越来越显得十分亲切。因为在异乡有了孩子，这条路便胜过通向故乡寻找父亲仍然居住的那条路。在城市里钻来钻去，奔来奔去，我们便是为了寻找这样一条通向未知的路，最后毕其一生，在这条路上作徒劳的努力和奋斗。说白了，我们其实都是迷失的一群人，要寻找一个心灵的归宿，就得在这条路上的迷雾中，前进前进再前进，不靠神仙和皇帝。因为，对于小人物而言，它们根本也靠不上。

起雾了，窗外的一切，都在谜一般的虚幻中。虚无的感觉，在此时特别真实。就如我写了十几年的材料，我甚至都记不清写了些什么，那些纸张碎片去了何方，那些领导不少已经退休，他们讲的那些套话虽然在更年轻的领导嘴中仍存，但讲过那些套话的人中间有的甚至业已作古，伴随着它们的，是我的青春也随之挥霍殆尽。

人生无数时刻不若此时：一场迷雾突如其来，一段故事就此打湿。即使我偶尔望了星空，我还得低下头来关注脚下的现实。现实的土地，逼着我们在时间的高速公路上，迫不及待地寻找着成功的捷径。一场雾，又怎能阻止得了庞大的人群前进呢？再大的雾，车流依然滚滚，商场照常开业，人们依旧出门。而我，也依旧收回目光，打开电脑，继续创新性地踏上空话套话的文字里程。造字的仓颉啊，感谢你发明的文字养活了多少个我们！

写完此文，雾犹未尽。